秋实

旦正才让 著

中国藏学出版社

责任编辑:徐华兰
封面设计:阿　南

图书在版编目(CIP)数据

秋实/旦正才让著. —北京:中国藏学出版社,2013.3
ISBN 978-7-80253-592-3

Ⅰ.①秋…　Ⅱ.①旦…　Ⅲ.①中国文学—当代文学—作品综合集　Ⅳ.①I217.2

中国版本图书馆 CIP 数据核字(2013)第037475号

秋　实

旦正才让　著

*

中国藏学出版社出版发行
北京牛山世兴印刷厂印刷
开本:850mm×1168mm　1/32
印数:1-1500册　印张:7.25
2013年3月第1版第1次印刷
ISBN 978-7-80253-592-3/I·129
定价:18.00元

1987年，十世班禅额尔德尼来文都寺主持大经堂落成开光典礼时与电台工作人员留影（右一为作者）。

1999年7月，作者参加青海省新闻代表团去欧洲六国访问。图为法国巴黎留影

1980年，作者与老伴在广西桂林象鼻山留影。

1995 年泰国之游。

1980 年，作者在老电台留影。

20 岁时作者与五省区老电台工作者们在兰州的合影（后排右二为作者）。

1995 年，作者与老伴合影。

执著中坚守　奉献中收获

——《秋实》序

洲　塔

唐诗云："千淘万漉虽辛苦，吹尽狂沙始到金。"人的一生，穷毕生之力默默耕耘，执著坚守，求知奉献，才能真正感悟生命真谛，体现自我价值。乍看之下，这一生活哲理似乎无人不知，但回归现实，能身体力行、勤耕不辍者，却寥寥无几，而我的师长旦正才让先生却以实际行动践行了这一人生信念。作为晚辈，我和旦正先生一家渊源颇深。1978年，我在甘南藏族自治州电视台从事播音工作，有缘初识时任青海省广播电视台藏语部主任的旦正先生及其爱人李毛女士。当时，旦正先生早已是深谙新闻广播、文艺创作和翻译的专家，李毛女士则是讲授播音课程的老师，因此，学识浅陋却求知若渴的我，非常喜欢到旦正先生家做客。旦正先生及李毛女士学养深厚，待人热情，对我更是关爱有加，呵护备至，常邀我在家中用餐住宿。在我的记忆中，每次去旦正先生家，我都喜欢带着许多专业方面的问题，披晨露而往，踏斜阳而归，在畅聊家常的同时，时时就专业问题求教，而旦正先生及李毛女士总是不厌其烦，为我答疑解惑，往往聊至红日衔山，归鸦绕树，久而久之，遂成忘年之交。对于我个人而言，与旦正先生这样一位师长相识相知，何其幸哉！

作为旦正先生的晚辈，我冒昧地以“坚守信念、执著奉献”八个字来形容其近半个世纪的职业生涯。先生出生于青海化隆乡村，其家族是藏军后裔，姓氏为“噶”。七八岁开始读私塾，深受汉文化熏陶，由《三字经》《百家姓》《千字文》开始识文断字，饱览藏文经典史书，潜心研究古今文学名著和经典史书，奠定了深厚的学养及专业功底。经过不懈努力，由当年的放羊小伙儿到青海人民广播电台藏语室专业人员，由身着藏袍、头留盘辫的藏族青年成为成果颇丰的专家学者，由幼时大家眼中的“小鬼”变成贡献突出的国家干部。从业四十余年来，先生长期从事藏文翻译、文艺编辑、文学创作、新闻管理等工作，兼涉汉文古典文学、新闻学、民族理论等领域，成果斐然。收入本书的作品，题材广泛，门类繁多，囊括译著、论文、广播剧、杂文、电视剧本等。译著《党性与世界观》《人民公社的分配制度》等，使马克思主义经典著作与党的理论在藏族聚居区广为人知；电视文学剧本《含泪的笑》，生动刻画出流浪艺人贡嘎与财主家的佣人拉措摆脱大管家的纠缠，最终结为连理的故事；广播剧《雪山悲歌》，以令人血脉贲张的笔法，展现了以藏族军官莱丁为代表的西藏人民浴血奋战、抗击英军侵略的感人故事…… 数量宏富的文艺作品，充分凸显了“文学生活化、生活文学化”的创作宗旨。这些文学剧本视角新颖，文笔洒脱，字里行间，点点滴滴，处处侵染着先生对生活的感知和纯真奔放的性情，展现出一派自然纯真之美。其创作理念，讲求意境深远，构思严密，人物刻画精细入微，剧情跌宕起伏，值得细细揣摩，品读玩味。

在半个世纪的职业生涯中，旦正先生在广播电视方面的较大成就广为人知。他主持构建了青海电视台藏语电视节目如电影、电视剧、节目预告、文艺、天气预报、专题节目等，构筑了多位一体的节目体系，组织完成了《新闻》《日月宝鉴》《文艺天地》《译作之窗》等栏目的设置，使青海电视台藏语电视节目更趋完整。作为翻译出身的新闻干部，旦正先生对翻译及广电事业有着诸多独到的见解。他提出，发展繁荣藏语广播电视的根本要求，首先应立足于为广大藏族群众服务，打造藏族群众“看得懂、听得清、喜欢看、愿意听”的节目，在宣传内容上做到通俗化，宣传形式上做到大众化、口语化，在藏语书面语上避免以安多、康巴、拉萨三大方言之间的差异，放弃以各自方言为中心的思想，实现一统化，以解决节目源不足的问题。同时，经过审慎分析，旦正先生认为，藏语广播电视应坚持“贴近现实、贴近群众、贴近生活”原则，突出民族性、地方性，追求特色，打造品牌。针对青海广电事业发展的历史和现状，他提出了

“结合实际，大胆创新，勇于开拓，走自己的路”的口号，认为办好藏语广播电视，“通俗化、大众化”的翻译是关键，并提出翻译名词规范化的观点；要求广播电视新闻人员必须熟悉汉藏两种语言，翻译时针对时政论文坚持直译，一般农牧业生产消息坚持意译，凡是群众语言则择优用之，对拉萨方言、安多方言翻译中敬语的使用、汉译藏时名词术语的处理等，提出了自己的看法。在广电事业管理工作中，他极力坚持喉舌意识、实践意识和贴近意识，主张培养一支政治强、业务精、作风正的队伍，以岗位培训、自学相结合的形式，对青年从业人员进行喉舌性质、舆论阵地的教育。经过多年的不懈努力，旦正先生先后培育出众多有政治责任心、崇高使命感和极高专业素养的藏语电视从业人才，以实际行动谱写了青海藏族电视事业的新篇章。

旦正先生关于民族问题及广播电视的研究评论及个人体悟，更是入木三分，发人深省。他将知识厚度、研究深度紧密结合，先后运用汉、藏两种文字发表了诸多关于民族问题及藏语文翻译的论文。这些论文视野广阔，论证严谨，观点新颖，令人受益匪浅。在《增强藏语广播电视新闻时效性刍议》一文中，他以全局眼光和翔实可信的材料，深刻分析了藏语广播电视新闻时效滞后的成因及被动态势，提出中央人民广播电台增设安多方言、建立中短波大功率广播发射中心和广播电视中心、发挥全社会积极性等提升藏语广播电视新闻时效的举措；在《办好有中国特色藏语广播电视初探》一文中，以翔实的资料和严密的论证，提出实现藏语广播电视特色化的进程中亟需处理的五大关系，即搞好中心工作宣传与办出特色的关系、延长播出时间与节目不足的关系、现实要求与人员素质的关系、提高节目质量与搞好创收之间的关系、设备完善与经济能力的关系等，主张办出有民族地方特色的藏语广播电视。多年来，他的论文先后获得全国广播电视学刊优秀论文一等奖、全国广播电视著作奖等殊荣。

“一沙一世界，一花一天堂。”怀揣着万分敬意，在字里行间感悟旦正先生的相关文章，我深深感知到了旦正先生丰富的阅历、严谨的创作、老辣的笔触、悸动的心灵和对藏语电视事业无怨无悔的坚守。名家有言：生活阅历与文化积累向来是创作和研究的双翅。细细品味先生的作品，在全方位领略先生不凡阅历及深厚学养的同时，我的脑海中不由浮现出先生在窗前捉刀凝神、展纸沉思、超然物外的创作神态。在心浮气躁、急功近利的经济社会中，如其献身研究创作、苦行僧般苦习勤修的能有几人？也正因为如此，他的众多作品总是渗透着一派标格清远之韵，散发着一股清拔儒雅之气，隐含着一种激越果敢之态。

四十五载春秋，四十五篇华章。一篇篇厚重朴实、清新典雅的作品，使人受益良多，感怀万千。真可谓方寸之地，气象万千。眼前的作品集，是旦正先生数十年坚守和奉献结出的硕果，是作者孜孜不倦、精心耕耘的心血结晶，值得我们精研细读，汲取养分。

“春华秋实，时之循环。”先生以《秋实》为书名，真可谓名实双符，恰如其分。承先生信任，邀我作序，欣喜之余，也有些诚惶诚恐，但学贵得师，亦贵得友，作为先生的晚辈和忘年之交，我愿壮胆为之。最后，恭祝旦正先生身体康健，万事胜意！

是为序。

2012 年 3 月

目 录

把握大局　真抓实干　再上新台阶

这次会议（全省广播电视局长会议）回顾总结了去年的工作，安排部署了今年的任务和工作重点，贯穿着“把握大局、再接再厉，同心同德、开拓前进”的主题。指导思想明确，工作重点突出，任务具体细实，为全省广播电视工作再上新台阶，打下了坚实的基础和创造了有利的条件。

首先，大家对加强学习重要性的认识更加统一。马列主义、毛泽东思想，特别是邓小平建设中国特色的社会主义理论，是党在新时期各项工作的根本指针，也是确保广播电视事业沿着正确的政治方向发展的根本保证。目前我国正处于建立社会主义市场经济体制和推进社会主义现代化建设的重要时期。江泽民总书记要求我们讲大局、讲政治、讲学习，我们要结合新的形势和任务，把理论学习提高到一个新水平。通过对邓小平建设中国特色社会主义理论的学习，进一步深刻理解建设中国特色社会主义理论的丰富内涵以及对中国革命和现代化建设的重大意义，从而加深对邓小平伟大思想的认识，高举建设中国特色社会主义理论的旗帜，坚持党的基本理论、基本路线不动摇，进一步增强贯彻执行党的基本路线的自觉性和坚定性，激发责任感和使命感。把“以正确的舆论引导人”和“以优秀的作品鼓舞人”作为己任，繁荣和发展我省的广播电视事业。同时，必须学好广播电视工作所需要的新闻、文艺、科技、管理、法律等有关业务知识。要学以致用，努力改进工作，提高领导艺术和工作水平，以推进事业的更大发展。

其次，对今年的工作重点更加明确。今年将迎来香港回归、十五大召开。这给广播电视宣传提供了搞好工作的大好契机和用武之地，我们要努力发挥舆论的作用，围绕这两件大事搞好宣传工作。始终不渝地坚持正确的舆论导向，努力提高节目质量，繁荣广播电视文艺，多出优秀作品，治散治滥加强管理，并且要继续依靠科技进步，推进事业发展，继续加强队伍建设。

再次，政治意识、大局意识和责任意识有了进一步增强。广播电视作为党、政府和人民喉舌的性质，决定了各级领导必须有强烈的政治责任感和历史使命感；必须坚定不移地坚持以邓小平建设中国特色社会主义理论指导广播电视的全部工作；必须坚定不移地在思想上、政治上与以江泽民同志为核心的党中央保持高度一致；自觉维护以江泽民同志为核心的党中央的领导权威，自觉维护全党、全国各族人民的团结；必须坚定不移地坚持“一个中心、两个基本点”的党的基本路线，组织、带领广大广播电视工作者为发展全省广播电视事业做出新的贡献。

当前，我省改革进一步深化，开放进一步扩大，各项社会事业全面进步。党的十四届六中全会通过的《中共中央关于加强社会主义精神文明建设若干重要问题的决议》，省委八届五次全委会制定的《关于认真贯彻〈中共中央关于加强社会主义精神文明建设若干重要问题的决议〉的实施意见》，既从宏观上为我们宣传思想工作创造了环境和氛围，又对加强广播电视工作提出了明确的要求，这对广播电视工作显然提供了一个良好的发展机遇。

随着国家向中西部地区倾斜、缩小东西部地区差距的力度的加大，贫困地区的广播电视事业必然会更快地发展。

中共中央办公厅、国务院办公厅前不久发出的《关于加强新闻出版广播电视业管理的通知》，对治理滥散，确保广播电视业健康有序地发展；对深化广播电视改革、实现广播电视由扩大外延向发展内涵的转变，加快广播电视结构的调整，都将产生重要的影响和作用。这也应该说是广播电视事业发展的一个良好机遇。我们务必充分把握当前广播电视工作的有利形势和我们所面临的机遇，增强信心，振奋精神，努力工作，实干苦干。这里需要明确或强调的几点：

一是要继续坚持讲政治。凡属贯彻中央精神的问题，属于政治纪律和宣传纪律的问题，属于关系到为改革、发展和稳定的大局服务的问题，如完整转播中央两台和省上两台第一套节目的问题，接收境外卫星电视节目的问题等，必须从维护中央权威、从服从大局、从政治高度考虑。各级电台、电视台务必把坚持正确舆论导向、提高节目质量放在工作的首位。州、县转播台、差转台、广播站则必须将转播好中央台和省台一套节目作为首要任务，这是广播电视工作讲政治的一个重要体现。

各级领导要把讲政治体现在熟知并掌握党、政府制定和颁布的有关广播电视工作的政策法规上，哪些应该办、必须办、可以办，哪些不可以办、不准办，都要以政策、法规为依据。广播电视从业人员要各负其责，兢兢业业地做好自己的工作。如能否做到安全优质播出，不仅仅是一个技术问题，一个管理问题，同样也是一个政治问题。

二是要增强责任心，加强纪律性。广播电视是一项复杂的系统工程，需要各部门的密切配合。任何一个环节出现疏漏，都会影响整个工作，损害广播电视在广大群众中的形象。我们必须大力倡导发扬对人民、对工作极端负责任、对业务精益求精的精神。与此同时，必须严格遵守纪律。对一些重大举措的出台，一些涉及政策性把握不准的问题，必须坚持事先请示，事后汇报的制度。对严重违反政治纪律、宣传纪律的事件，或因不负责任造成的重大事故，必须严肃查处。

强烈的责任心无疑包含有守土有责的内容。在诸如有线电视并网、入网，在查处一切与广播电视政策、法规相抵牾的问题上，必须理直气壮地行使我们的职能。不姑息，不迁就，敢碰硬，抓落实。

三是主要立足自身努力，解决前进中的困难。诸如缺少明确的有线系统管理，发展农村有线广播的规定、条例，有线电视节目套数增加后，收视维护费收取标准等问题。对此，我们将上报广电部逐步解决，或与有关部门协商解决。至于资金匮缺、设备陈旧老化等问题，省里将尽最大努力，给一些地方力所能及的帮助。同时，更希望州县的同志能以自己出色的工作，争取当地党委、政府对广播电视的进一步重视和支持。一些州县广播电视部门因工作主动，成效显著，当地党委、政府对广播电视的重视程度就比较高，支持力度也比较大。群众掏钱收听收看广播电视的积极性也高。可见广播电视工作能搞好，关键在于自身努力。这里，还需要处理好投入和利用维护的关系。广播电视是一项重装备、高消耗的事业，没有投入不行，但光有投入也不行。还要使管理、维护等工作相应地跟上去，对那些来之不易的设施、设备，各地一定要加强管理，加强维护。否则，投入再多，也起不到应有的作用。

我省的广播电视播出机构多是转播台、差转台或广播站，它的主要任务就是搞好转播。对此，不能有丝毫的含糊和动摇。为此，我们更应该把有限的经费用到播出、传输设备的添置、更新上来。

四是关于人才培养问题。省厅今年力争举办三期各类人员培训班。还将派出人员到部分地区就地培训，或让州县同志到省台边学习实践、边培训。这些需要得到基层的支持，这件事做好了，我们事业的发展就有了基础和保障。

文章来源：《昆仑声屏》1997 年第 1 期。

寄语藏语电视

——写在藏语电视综合频道上星之时

电视屏幕上彩旗飘飘，欢声雷动。活跃的藏族小伙子挥舞着热情奔放的长袖，欢快有力的舞步在舞台、草原跳出震撼人心的激情；婀娜多姿的藏族姑娘们更是踏着轻盈的步履，展示着藏族特有的服饰、风韵，令观众心旷神怡，目不暇接。

藏语电视节目今天上星了！在广大藏族观众奔走相告、互道喜庆的时候，作为广播电视战线上的一名老兵，为之付出了大半生精力的我，不由得浮想联翩。这里有为藏语电视形成一套较完整的节目所走过的曲折道路，付出的艰辛，也有今日的欢乐与欣慰。

我 15 岁参加工作，组织上为培养我这个放羊娃出身的民族干部，做了大量的教育培训工作。当我受命去电视台主持工作时，已是上世纪 80 年代末，此时我在广播战线已经工作了 32 年。电视事业对我来说是一项崭新且十分陌生的行当，我抱着忐忑的心情，接受了组织的安排。

当时的藏语节目和汉语节目同一个频道播出，每周只有三次新闻，每次 15 分钟。具体内容是翻译中央电视台《新闻联播》中的部分新闻和青海电视台汉语新闻的部分内容，然后播出一首藏族歌曲或一支舞蹈。播出时间是晚上 11 点半。以后西宁地区的藏族观众反映强烈，主要是说藏语节目内容单调，时间太短，播出时间太晚。根据群众意见，在力所能及的情况下，首先将播出时间改在晚上 7 点半。再从业务人员看，当时民族院校的大学毕业生大多思乡之情较重，都不愿意留在西宁市工作，所以编播人员几乎全是中专生，人数也不多，只有 8 人，至于节目制作人员更是凤毛麟角。由于语言不通，制作节目的难度和所耗费的时间就可想而知了。

随着时间的推移，在省委省政府及广电厅党组的关心支持下，为了让藏族观众能看到看好藏语电视，也为办好藏语电视加大力度，从 1988 年 7 月下旬开始，播出次数由每周 3 次增加到 6 次。除翻译汉文稿件外，还自己编发部分藏文稿件；与此同时，还翻译制作了一批专题节目，如《万里黄河第一坝》《漫游青海湖》《瞿坛寺》《峨眉山》等，除此之外还从青海电影译制厂引进了 33 部藏语译制片。在大量资金积累的基础上，经省委宣传部批准，1989 年省电视台因陋就简，建成藏语电视节目播出中心和发射系统。当年 10 月 1 日，青海电视台的藏语电视节目开始单开频道播出，节目由单一的新闻逐步增加了《专题节目》、电影、电视剧、节目预告、文艺、天气预报等，初步形成了自己的节目体系。当时，每周播出 3 次，周一、三、五晚上播出，每次 2 小时。每次播出后的第二天中午 12 时，用微波传送到各州县，如果洛州转播台用录像形式转播省台藏语电视。

众所周知，电视事业是重装备、高消费的事业，要开办一套节目谈何容易，当时全台全年的广告收入还不到 30 万，每分钱恨不能掰成八瓣用。没有天线，时任电视台副台长、分管技术的陈双全，技术部主任宗正荣，副主任刘万银等同志决定自己动手绕制架设了天线；至于采录、制作、播出等设备，都是技术部从各部门协调抽调来的旧设备，加上要大量采用汉语播出过的节目，所播节目信号很差，因此，逐步更新设备是一大难题。在此后很长一段时间，大家都付出了很多心血。

为了适应工作需要，藏语编译部设置了新闻组、专题组、文艺组、播音组、制作组。后来还成立译制组，译制电影、电视剧等。随着事业的发展，从业人员发展较快。从原来 8 人的基础上，1989 年增至 12 人，1991 年达到 27 人，1995 年陆续增加到 45 人，而且有大专以上学历的就有 25 人，占到 55%，是一支素质较高、能力较强的年轻队伍。

在提高人员素质方面，我们也想了不少办法，使从业人员能尽快地成长起来，肩负起所承担的工作。除了保送部分人员到有关院校去学习外，主要还是在实际工作中进行锻炼、培训。例如，我们请汉语部的老编辑、老记者讲新闻理论、新闻业务，请技术部的同志讲制作，请有关同志讲翻译、讲播音业务，逐步造就了一支能写会摄能制作的新闻队伍，时至今日，有不少同志评上了中、高级职称，不少节目在全省乃至全国获得了较高奖项，为藏语电视今后的发展奠定了坚实的基础。

随着拍摄、译制能力的提高，自己译制采录的节目也在不断增加。1991 年编辑译制专题片 2 部、文艺片 3 部，其中《多彩的玉树》在中央电视台《民族之林》栏目播出。这年还播出了藏戏《藏王的使者》，故事片《一富翁》《秘密战线》，电视连续剧《孤堡》等。更可喜的是在春节期间，组织录制并播出了藏历金羊年文艺晚会《金羊吟春》，受到藏族观众的热烈欢迎，这为以后历年藏历年晚会的播出开创了先河。

从 1994 年 8 月 1 日开始，藏语新闻节目由每周 3 次增加到 7 次，当年共译制电视剧 70 集。自己策划、编辑、摄制的 6 集共 80 分钟的电视系列片《藏族同胞在首都》也在春节期间播出，得到观众的肯定和赞扬。至此，藏语所设置的栏目也逐步走向成熟和稳定，它们是《新闻》《日月宝鉴》《江源风云》《七彩屏》《文艺天地》《译作之窗》等，藏语电视形成了一套较完整的节目。

回顾过去的二十多年，在人生的旅途中，真可谓“弹指一挥间”，但的确有许多辛酸和欢乐的记忆。今天藏语电视的上星，标志着又一个新的里程的开始，这是各级领导和全体同志努力的结果，我衷心地祝愿这朵用心血和汗水浇灌、培育的艳丽雪莲，在广大藏族观众的心目中扎根盛开，并结出丰硕的果实。

喜庆之余，作为藏族的一员，我也想对藏语电视今后的发展谈几点浅显的建议，供有关同志参考。

一、藏语电视要尽量贴近群众

党中央制定了“十一五”规划，明确了全党全国人民的奋斗目标，省委的大政方针也已出台，作为藏语电视，如何使广大农牧民群众了解这些大政方针并贯彻到生产生活中去，变成实际行动；在共同致富奔小康的道路上，如何引导他们勤劳致富，使他们的钱袋子鼓起来，需要做大量的工作。比如我省三江源头的部分牧民，为了环保的需要，进行了搬迁定居，结束了多年来逐水草放牧的生活，对他们来说，这是发生了质的变化，目前他们是如何想的，在寻找着怎样的致富门路，政府的补贴款又用在了哪里？这就需要我们去了解，去思考，去引导。我们绝不能以为藏族有悠久的历史、灿烂的文化，就沉浸在歌舞升平的气氛中，不求进取，这势必会造成“龟兔赛跑”的结局，更何况我们与有些民族相比，还有很大的差距，这不值得警醒吗！所以藏族新闻类节目，我们不能只在办公室搞“信手拈来”的翻译新闻，必须“量体裁衣”，要有自己的采访力量，要建立自己的通讯队伍，建立和加强信息网络系统，千方百计地提高新闻的自采率，以加强新闻的针对性；要加大科学技术、经济建设、文化教育、卫生知识等方面的宣传力度，以提高藏族的思想文化素质。否则只搞汉语新闻的翻版，针对性不强，很难贴近藏族农牧民群众生产生活的现实。当然要做到这个贴近，需要解决人员、车辆、经费、采录设备等一系列问题，但事在人为，只要目的明确，朝这个方向努力，我想办法总是会有的。

二、增加文艺节目储存量，减少重播

在整个播出节目中，娱乐性节目占有很重要的地位，而且比例不小。现实是为了延长播出时间，加大了重播量。刚开始观众还有新鲜感，可能反映不大，但这种局面不会维持多久，肯定会影响播出效果。这也表现出藏语电视的特殊性，如果是汉语电视，完全可以运用商业的手段去解决，只要有经费，不怕没有节目，但藏语节目恰恰相反。所以，我想是否可以采取如下办法解决：1. 广交朋友。目前除本省六个州有的有藏语电视节目外，甘肃的甘南、天祝，四川的阿坝，西藏等地区都有藏语电视节目，我们应和他们加强联系，每年召开一次业务会议，商讨解决一些共同关心的问题。尽管以往每年有一次五省区藏语广播电视协作会，但重点是放在节目的评奖及少量的文艺节目交换上，而且有流于形式的苗头，有时不能按时召开，不能解决一些急需解决的实际问题。所以我想，是否能引进市场机制，以扩大文艺的节目源；2. 在社会上组织译制力量，出资创作和生产节目；3. 增强自己的译制能力和下乡挖掘采集民间文艺及民族院校的文艺活动；4. 向藏族观众翻译介绍其他 55 个民族的优秀文艺作品，以达到民族间相互了解、增强团结的目的。

三、要做藏语整合的表率

藏语是藏族共同的特征之一，尽管有统一的文字，但由于历史、地理、政治、经济诸多因素的影响，长期以来，藏语形成了安多、卫藏、康巴三大方言区，为经济的发展、思想情感的交流等造成了诸多不便。作为现代化宣传工具的藏语电视，我认为要适当播出用卫藏方言和康巴方言演播的节目，因为电视不仅有声音而且有画面，如果再打上字幕，对藏语方言的整合能起到事半功倍的作用。我们千万不能夜郎自大，排斥其他方言。当然在这点上要把握好一定的“度”，我们面对的毕竟是安多的观众。这方面我们已经做出了一定的成绩，据我所知，其他方言区也在效仿我们，这是个良好的开端。

四、搞好队伍建设

如前所述，藏语电视已经拥有一支能够独立承担起摄录、采编、翻译、制作等工作的年轻队伍，这是搞好藏语电视很重要的前提条件之一。但我们绝不能满足于现状，踏步不前，因为电视事业的发展，可以说日新月异，突飞猛进，有好多我们不懂的知识要我们不断地去学习、“充电”，更何况我们有些人还处于“半吊子”状态，这是其一；其二，事业已经将我们推到了前沿，就如逆水行舟，不进则退，要想巩固藏语电视上星的成果，仅靠现有的人员已经远远不能满足工作的需要。因此要尽快补充新生力量，要加强政治与业务学习，使新增人员尽快掌握一技之长，很快由外行变为行家里手，独当一面，这样，我们的事业才会稳步有序地发展。

五、时刻不忘服务对象

我们办藏语电视节目，服务对象是藏族群众，这是不需要争论的事实，如果另有别议，岂不荒唐！语言是人类交际的工具，同时也是一个民族的重要构成成分。藏语电视之所以叫做

"藏语电视"，是因为它运用藏族的语言和服务对象进行沟通和交流，这就是它最基本的特征之一。如果藏语电视过多掺杂其他语言去为自己的宣传对象服务，那就是偷梁换柱，名不副实，失去了藏语电视的主要特征，也就是背离了开办藏语电视的初衷，因而也就失去了它继续存在的必要性。因此，我们要尊重我们的父老乡亲，要为他们负责，不能让我们的服务对象在根本不懂或似懂非懂的状态下收看藏语电视。其次，作为一个民族，还有它的心理素质问题，比如一个民族干部，不论他懂多少种语言，都只对本民族的文化情有独钟一样，在这里几句话很难表达清楚，如果有机会，我们再进行探讨。

综上所述，青海电视台的藏语电视节目已经开始了一个新的发展阶段，回顾过去，道路崎岖；展望将来，前程无量。为了满足广大观众的要求，办好藏语电视的这个重任已经历史地落在了年青一代的肩上。因此，我们这些卸任在家的老同志，真心地为你们呐喊助威，希望你们百尺竿头，更进一步，不要有丝毫的懈怠。

藏语广播电视毕竟是我为之奋斗过的事业，我始终关注着它的成长。以上的看法也许已经过时，甚至是错误的，但我还是开诚布公地以书面的形式呈献给诸位，作为藏语电视上星的一点心意吧！

文章来源：《昆仑声屏》2006 年第 2 期。

纪念藏语广播创办四十周年

青海人民广播电台是我国最早创办的第一家用藏语播出的电台，如今她已经进入了不惑之年。藏语广播开播 40 年来，一直受到我省党政部门的高度重视。1950 年元旦，正值青海省人民政府成立之际，当时担任省人民政府副主席的藏族著名学者、爱国人士喜饶嘉措先生即来台向全省藏族人民和西藏人民发表广播讲话，介绍了中华人民共和国的性质、中国共产党的方针和政策。这是新中国成立初期第一次用藏语播出的广播节目。同年下半年，西北军政委员会成立之际，电台邀请藏族各界知名人士，用藏语播出了毛泽东主席在中国人民政治协商会议上所致开幕词、共同纲领以及西藏班禅堪布会议厅给毛主席、朱德总司令的致敬电。这两期广播如春雷般第一次响彻在青藏高原，受到了藏族人民和通用藏语的其他少数民族群众的欢迎，同时也为藏语广播的成立打下了基础。1952 年 7 月，中共青海省委决定青海人民广播电台增设藏语节目，并且于当月 22 日正式播出，这标志着藏语广播的诞生。1958 年，正式成立了青海人民广播电台藏语编辑部。1958 年 1 月 1 日起，藏语广播单开频率，形成了一套有独立机构、完整节目的传播媒介，此后逐步扩大和发展。目前设有新闻、专题、记者、文艺、播音五个业务组，办有《新闻》《简明新闻》《国际简讯》《农牧天地》《大众科学》《雪域星空》《少儿乐园》《藏语文教学》《文艺》等节目，全天播音 8 小时 20 分钟。40 年来，藏语广播在省委和省政府的领导下，积极发挥喉舌作用，努力宣传马克思列宁主义、毛泽东思想，宣传党的路线、方针、政策，调动各方面积极性，组织各民族群众同心同德，为实现党提出的目标而奋斗，为推动我省民族地区社会主义革命和建设事业的发展，作出了重要贡献。党的十一届三中全会以后，青海藏语广播热情地宣传了党的“一个中心，两个基本点”的基本路线，宣传四项基本原则，反对精神污染和资产阶级自由化，以极大的热情和实事求是的科学态度，宣传党的改革开放政策及其各条战线所取得的巨大成就，宣传新时期的新人新事、新思想和新经验；努力从青海的实际出发，宣传民族区域自治政策，为增强各民族之间的团结，推动民族经济的发展等做了大量工作。因此，多来年，藏族同胞把藏语广播称作是党和政府给他们带来的福音。

40 年来，藏语广播经历了一个从无到有、从小到大的发展过程。这个过程大致可分为这样四个时期：从 1952 年 7 月先在汉语广播中插播藏语节目到 1958 年元月正式创办藏语广播为第一个时期，即酝酿试办时期；从 1958 年元月一日到 1966 年“文化大革命”开始为第二个时期，即正式创建时期；从 1966 年“文化大革命”开始到 1976 年粉碎以江青为首的“四人帮”反党集团为第三个时期，即十年动乱时期；从 1976 年粉碎“四人帮”到现在是第四个时期，即改革发展时期。

在青海解放不久的 1952 年 7 月，青海省委就批准同意在青海人民广播电台正式开办藏语节目，并从牧区选调一批年轻干部到西宁进行专业培训。藏语节目试办阶段，在还没有专职翻译、播音员的情况下，成立了“藏语广播委员会”，由省级有关单位和藏族干部负责稿件的编写、编辑和播音。同时，还不时地组织我省藏族代表人物发表广播讲话，宣传党的政策，发布命令，打击敌人的破坏活动。采用先录音，不固定时间的方法播出。每周播出一次，每次 20 分钟。整个藏语节目都是穿插在汉语节目之间播出的。

从 1958 年元月一日起，藏语节目从汉语广播中分离出来，自成体系，成为一套独立的广播节目。每天播音两次，共计 2 小时 35 分钟。后来又逐步增加到 4 小时 30 分钟，最长的一段时间达到了 6 小时 35 分钟。开办的节目有《新闻》《简明新闻》《专题》《文艺》等。此外，还正式开办了《节目预告》《天气预报》等服务性节目。这一时期是藏语广播稳步和健全发展的重要时期，广播时间逐步增加，内容不断丰富，节目时间基本固定，质量不断提高。这时，负责编播藏语广播节目的是“藏语广播室”，1962 年上半年改名为“藏语广播部”。它是省广播事业管理局设置的 15 个机构之一。

1966 年“文革”在全国爆发，藏语广播也毫无例外地受到了严重的干扰和破坏。这个时期，藏语广播每天只抄收、翻译、播出中央人民广播电台的“首都报纸摘要”和“各地人民广播电台联播节目”中的部分内容，没有自办节目。“文化大革命”后期，虽然允许编一些地方新闻，但由于受极“左”思想的严重束缚，大多是一些内容虚假、空洞无物的八股文章。文艺节目中播出的也都是用汉语演唱的歌曲、样板戏等内容。这时的藏语广播完全丧失了自己的民族特点和地方特点。总的说来，十年动乱期间，藏语广播受到了严重干扰和破坏，使藏语广播的发展受到了很大的限制，几乎停滞不前。

粉碎“四人帮”后，特别是 1978 年党的十一届三中全会以来，党的工作重点转移到以经济建设为中心的轨道上，确定了改革开放的方针，各行各业都挣脱了“以阶级斗争为纲”的精神枷锁，解放思想，大胆改革，全国呈现出一派生机勃勃、兴旺发达的繁荣景象。从此。藏语广播也进入了一个大改革大发展的新的历史时期。主要表现在：粉碎“四人帮”不久，成立了藏语编辑部，调整健全了领导班子。之后，又调整了机构，成立了新闻组、专题组、文艺组、播音组。特别是1987 年成立了记者组，改变了藏语广播成立 30 多年来一直没有自己的记者队伍的状况。记者组成立之后，深入牧区，实地采访，经过两年多的努力，完成了反映牧区发展变化、建设成就、名胜古迹、风土人情的 54 篇系列报道《环湖千里行》，受到社会各界的关注和好评。这时，藏语编辑部的工作人员发展到 38 人，其中，藏族 32 人，占 84%。办有新闻、专题、文艺、社会服务等各类节目十多个，每天的播音时间长达 8 小时20 分钟。与此同时，藏语编辑部建立并巩固了新闻收讯台，使新华社的重大新闻都能及时地在藏语广播中播出。

1980 年 5 月，在全国藏语广播中最早开办了《藏语文教学》节目，以满足牧区广大藏族儿童学习文化的迫切要求和社会各界不同文化层次的人学习藏语文的需要。节目开办十多年来，不仅讲授了青海教育出版社编辑出版的藏文五年制小学课本的内容，还讲授了青海、西藏、甘肃、四川、云南五省区五年制小学语文《通编教材》的内容，以及五省区高中语文统编教材前四册的内容。此外，还请全国著名的藏学专家、西北民族学院教授才旦夏茸等人讲授了他们自己编著的《诗学通论》《藏文文法》等著作。这个节目深受牧区藏族学龄儿童、家长，以及社会各界人士的欢迎。

1986 年 10 月，藏语编辑部提出“结合青海实际，大胆创新，勇于开拓，走自己的路”的办藏语广播的方针，在部门中开展了“编、采、译合一”工作的尝试。这样，不仅做到了当天新闻当天播出，而且增大了信息量，加强了对边远牧区的报道，针对性强，还具有贴近群众、通俗易懂等特点。这是有效地使用少数民族语言文字，为本民族服务的好方法。

为丰富藏语文艺节目，1987 年 3 月，成立了以藏语编辑部编播人员为主体的“青海人民广播电台藏语广播业余说唱团”。当年就创作和录制了具有民族特点和时代气息的藏语广播剧、小品、相声、器乐曲、歌曲等各类文艺节目 260 多分钟。在文艺节目中，还先后开办了《小说连续广播》《藏语相声》《〈格萨尔〉说唱》《百花园》等专栏，使藏语文艺节目的内容更加丰富多彩，吸引听众。

为丰富牧区藏族少年儿童的文化生活，给他们提供更多的精神食粮，促使他们茁壮成长，1988 年 9 月，增办了《少儿乐园》专题节目。该节目由播音员主办，主要以主持人的形式播讲，另外还请藏族少年儿童自己演播，以吸引更多的少儿听众；内容有藏族故事、寓言、广播小品、谜语、智力测验等。节目口语化、形象生动、启迪智慧、开阔视野、寓教于乐，受到藏族少年儿童的喜爱。

进入 80 年代后，藏语广播编、采、译合一的改革方案，引起我国办藏语广播的兄弟电台和使用民族语文发稿的一些新闻机构的关注。近几年来，藏语广播开展了比较深层次、广范围、有意义的采访报道。如 1987 年至 1989 年两年时间播出的《环湖千里行》系列报道，从正面反映了我省牧区十年改革新风貌，比较完整系统地向省内外介绍和宣传了青海，引起了很强的社会反响。1991 年，为配合西藏和平解放 40 周年，根据省委指示，电台派藏语部三名记者赴西藏采访，他们行程

6000 公里，圆满完成任务，受到省委组织部、宣传部的通报表彰，在很大程度上提高了藏语广播的知名度。今年又开展了《海东藏乡行》系列报道，第一次面向海东八县，系统介绍农业区藏乡的变革。

除此之外，为配合党的中心工作，藏语广播于 1988 年第一次举办了全省民族团结宣传月征文活动，1991 年，为纪念建党 40 周年举办了首届“党的儿女在草原”有奖征文活动，受到了社会各界的欢迎。同时还开办了卫生和健康、计划生育政策和统一战线政策宣讲等其他专题节目。文艺节目是藏语广播一个重要的组成部分。在搞好新闻宣传的同时，狠抓了文艺节目。文艺节目的方针是，在挖掘藏族民间文艺的同时开拓藏族现代文艺。近几年，藏语广播节目随着数量的增多，在质量上也有很大的提高。从 1988 年至 1991 年，藏语广播编采人员的各类获奖作品有 58 篇，其中获全国奖的有 27 篇，这标志着藏语广播编采队伍正在逐渐壮大与发展。

在新形势下，青海藏语广播也面临严峻的挑战。尽管存在着许多困难，但藏语广播的前景是十分广阔的。因为青海有藏族 91 万多人，居住面积达 80% 以上。此外，还拥有通用藏语的蒙古、土、回、撒拉等其他民族，预计实际听众上百万。这些听众大部分居住在边远地区，看不到报纸，收不到电视，他们唯一的信息来源就是藏语广播，通过藏语广播了解国内外大事，掌握信息和气象变化，进行文化娱乐。例如，1985 年 10 月，海西唐古拉、玉树西部三县发生罕见的大雪灾，800 多名牧民被围困在雪地，交通、电讯中断时，藏语广播及时向灾区人民传达党和政府的慰问，并配合飞机空投物资，向灾区群众广播空投时间、地点及信号，灾区群众根据藏语广播在地面接应，使抗灾物资准确地投到灾区群众手中。在这场抗灾斗争中，藏语广播实际上起到了“指挥部”的作用。另外，藏语广播在旅居国外的藏族同胞中也有很大影响，编辑部曾收到过日本、英国、印度、瑞士等国的来信。在回归祖国的藏胞中有一部分是收听藏语广播后回归祖国的。由此看来，藏语广播的影响和作用是不可低估的，它起到的往往是其他新闻媒介起不到的特殊作用，所以藏语广播的宣传是大有作为的。我们要充分认识和积极发挥藏语广播的这一大优势，在民族工作的宣传中鸣锣擂鼓，担负起党和人民交给的历史使命。

当前，全国上下都在认真学习贯彻邓小平同志视察南方时的重要谈话精神，各族人民正在进一步加快改革开放步伐，各项事业蓬勃发展，这就为发展藏语广播事业提供了良好的前景。我们要抓住这个历史给予的宝贵机遇，认真学习、深刻领会、坚决贯彻小平同志的谈话精神，迎头跟上新的形势，进一步做好对经济建设的宣传和改革开放的宣传。在省委和省政府的领导下，藏语广播将小平同志的重要谈话和中央民族工作会议精神作为总的指导思想，坚持以正面宣传为主和“团结、稳定、鼓劲”的方针，把宣传反对分裂、维护祖国统一和民族团结作为主题，把强化改革开放作为主旋律，拓宽报道面，深入采访，精编和制作节目，及时传播国内外的重要信息，普及科学文化知识，丰富藏族人民的文化娱乐生活，向农牧民群众提供各种服务，在振兴青海民族地区经济中作出更大的贡献。

明确任务　振奋精神
努力做好我省的广播电视工作

当前，我省广播电视战线形势很好。首先是中央和省委、省政府对广播十分重视。中央领导同志关于宣传思想工作多次作出的重要指示，省委、省政府领导同志的重要讲话，使我们对广播电视工作所面临的形势、任务和需要注意、研究、处理好的问题认识更加明确。其次是国家和我省“九五”计划蓝图已经开始实施。向中西部地区倾斜、缩小东西部地区差距的大政方针已定，其中必然包括加大对西部地区广播电视事业的扶持，这样一个大气候、大环境对我们的工作十分有利。再次，在中央和省委、省政府的支持、关心下，“八五”期间，我省广播电视事业有了长足发展，省台广播电视节目的上星也即将成为现实，这就为我们今后的进一步发展奠定了良好的基础。我们既要正视工作中的困难和问题，更要正确全面地认识广播电视所面临的大好机遇，增强信心，振奋精神，以求真务实的态度，扎扎实实的工作，推动我省广播电视事业持续深入地发展。

当前，首先是要牢牢树立讲政治的观念。凡是属于贯彻执行中央精神的问题，属于政治纪律和宣传纪律的问题，属于为社会主义服务、为人民服务，为改革、发展和稳定的大局服务的问题，如完整转播中央两台和省上两台节目的问题，接收境外卫星电视节目的问题等，一定要讲政治，必须从政治上、从大局上、从维护中央的权威上考虑问题。需要重申的是：各级电台、电视台要把坚持正确舆论导向，提高节目质量放在工作的首位，州县转播台、差转台、广播站则要以转播好中央和省台一套节目作为自己的首要任务，作为广播电视工作讲政治的一个重要体现。

一些地区出现重有线电视建设，轻无线广播电视发展，擅自停播省台广播电视节目的现象必须扭转。这不仅关系到巩固和扩大有效覆盖的问题，更关系到有没有群众观点的问题。应当明确，我们的广播电视不仅仅要为城镇居民服务，同时还要为广大的农村牧区、为广大的农牧民群众服务，这无疑也是讲政治的一个重要方面。我们务必要坚持无线有线并重、广播电视并重的方针。同时，要以我省广播电视节目上星为契机，进一步落实省台汉藏语节目的转播工作。这一问题，在州、县显得尤为重要。

其次是要切实加强有线电视的管理。随着我省有线电视的迅猛发展，加强管理的问题显得愈加必要、愈加突出。在严格执行播出管理、宣传管理、技术管理的同时，特别要注意把好片源关。省厅经过多次研究，已确定成立全省供片中心，并初步拟定了向各地有线台网供片的办法。对运作过程中可能出现的一些具体问题，我们将进一步研究解决，在实践中逐步改进，逐步完善。作为承担供片任务的昆仑音像出版社，要努力改进服务态度，提高服务质量，实现服务到位。各地的有线台网则要遵循统一供片的原则，把好片源关，不得随心所欲，自行其是。

三是要充分发挥现有广播电视设施的作用。去年全省建立了40个发射台、转播台，50多座卫星地面接收站。今年还将本着省上拿大头，各地再自筹一点资金的原则，新建一批卫星地面接收站。充分发挥好这些设施的作用，事关我省广播电视节目的社会效果，关系到有效覆盖面的扩大。对这些来之不易的设施、设备，有关地区一定要加强管理、加强维护，以更好地发挥其作用。一旦管理不善，设施不能正常地发挥效益，那就和我们建立这些设施的宗旨背道而驰了，也就辜负了国家和省政府对我们的支持和厚望。

四是要立足自身努力，解决前进中的困难。由于我省制约因素较多，经济发展滞后，财政拮据，广播电视又是重装备、高消耗的事业，广播电视在发展中存在许多困难。我们只能以自己出色的工作，争取党委、政府对广播电视的进一步重视。要想有地位，先要有作为。解决资金不足的困难，还可以通过积极发展有线电视，通过创办第三产业、开辟创收渠道等多种方式给予弥补。

五是关于培养人才的问题。省厅广播电视培训中心业已建成。尽管规模较小，且培训经费匮缺，但我们仍将努力创造条件，力争每年帮助州县培训一些干部，尽快提高我们这支队伍的整体素质，以适应经济建设和当前形势发展的需要。

文章来源：《昆仑声屏》1996年第1期。

增强藏语广播电视新闻时效性刍议

藏语广播电视是党、政府和人民的喉舌，藏语广播电视新闻在该语种宣传中处于龙头地位，这两点皆为不争的事实。在纷繁多变的国际国内形势下，如何增强藏语广播电视新闻类节目的时效性，以更好地发挥新闻宣传的作用，是从事少数民族语言广播电视宣传同志必须正视的课题。本文拟从我省实际出发，提出粗浅的设想，以求大家指正。

一、增强藏语广播电视新闻类节目时效的重要意义所在

众所周知，新闻类节目在广播电视各类节目中，导向性更直接、更鲜明、更及时、更广泛。藏语广播电视新闻节目亦然。青海作为一个众多少数民族聚居的省份，仅藏族群众就有近百万，占全省总人口的约 21%，是除汉族以外人口最多的少数民族。加之他们分布于 5 个藏族自治州和 1 个蒙古族藏族自治州的占全省总面积 90% 以上的州、县、乡、村和广袤的土地上。导向的正确与否，报道的及时与否，直接影响到我省辽阔藏族聚居区的政治、经济、社会、文化、生活、环境等发展的进程。

扩而大之，与我省毗邻的西藏、四川、甘肃、新疆4省区中，除新疆外，其余3省区还居住着数百万的藏族群众。其中，我省与西藏自治区的关系尤为紧密，早在唐朝，文成公主进藏即由青海经过。如今，全国援藏物资中的90%由青藏线输送。青海藏语广播电视新闻导向、时效如何，与四川、甘肃、西藏藏族聚居区改革开放、经济发展、社会发展的深度和速度有着密切的关系。

再扩而大之，由于青海藏语广播电视创办历史较久，青海藏语广播到今年7月22日开播已整整45载，青海藏语广播电视节目又于今年元月1日通过数字压缩技术送上了亚A2号卫星，可以直接覆盖东起日本、西至埃及、北达俄罗斯、南到澳大利亚占世界陆地72%的面积。通过新闻这一载体，宣传青海、青海藏族聚居区、青海藏族群众政治、经济、社会生活的巨变，对增进民族团结、维护祖国统一，遏制境外敌对势力对我"西化"、"分化"图谋，促进世界各国人民对青海乃至对我国的了解，都有着现实和深远的意义。要达到这一目的，坚持藏语广播电视新闻宣传正确的舆论导向是毋庸置疑的，这也是我们宣传中的一大优势。问题的关键是，现在需要我们通过增强新闻时效性来提高藏语广播电视新闻节目的地位和作用。因为事实是新闻的生命，时效则是生命质量和价值的体现。

藏语广播电视节目时效的重要性更体现在它的特殊性上。如前不久全党全国人民敬爱的邓小平同志逝世后，汉语广播电视只需转播中央台节目，再加上自采一些省内悼念活动的新闻报道，基本上就确保了重大事件宣传任务的完成。藏语广播电视则要在最短的时间内翻译大量的消息、公告等和完成采访活动，这本身就承担了宣传任务（相对转播的工作量要大得多，而且承担了译播的宣传任务）。在这种情况下，时效性更显得特别重要，不然，新闻价值大大减弱不说，而且很难做到与中央宣传要求、安排相一致。从这个意义上说，藏语广播电视新闻的时效性较之汉语广播电视宣传更为突出。而国际国内重大新闻、突发事件是经常会有的，这样，藏语广播电视新闻宣传时效性就提到了十分重要的位置。

二、藏语广播电视新闻时效滞后的成因及其被动态势

藏语广播电视在我省的主要受众是散居于各州、县、乡、村及边远牧区的藏族同胞。如上所述，藏语广播电视新闻节目特别是重大国际国内新闻都要依赖译制和录制。它的这种特殊性与我省广播电视系统现状不相适应处很多。一是我省包括省、市台在内，全省仅有广播电台4座，电视台5座，即便如此，也不是每座电台、电视台都开办有藏语广播电视节目，藏语广播电视记者、编辑之少由此可见一斑，从事藏语广播电视宣传报道的通讯员队伍不够健全也就势所必然了。二是我省属后发展地区，现有广播电视传输设备档次低，年代久，有正式建制的电台、电视台目前使用的设备中，不少还是七八十年代的产品，更遑论各地转播台和发射台了。三是我省地域辽阔，交通不便，气候、地理环境、条件恶劣，致使记者很难做到经常深入基层、牧区采访，很难及时传送稿件。因为上述主要制约因素，长期以来形成的宣传格局大体是：播出译制的新华社、中央台、省台汉语节目，稿件多（藏语广播电视作为舆论工具之一当然是正确的，必须的），但因设备差，又经过几次复制、译制而成，播出的节目质量不尽如人意，因为人手少，译制速度慢，时效性就很差。举例来说，如苏联解体当

初，有关解体的消息一日几变，但由于译制时间长，受众从藏语广播电视中收听收看到的消息，与最新的时局已相去甚远。又如有关国家领导人出访的报道，明明国家领导人已在第三国活动，广播荧屏上看到听到的却是还在第二国甚至是出访伊始活动的情况，使受众如坠雾里云里，获得信息无非是明日黄花，哪里还有什么新闻价值！

至于藏语广播电视新闻节目内容与汉语广播电视新闻节目内容多有雷同，而缺少具有民族特色的内容，缺少反映藏族群众身边发生的人和事的报道，当然与上述制约因素有关，同时也与为增强其新闻时效性有关。只是这种增强新闻时效性的努力，充其量仅是形式而已，只是治标而非治本的无可奈何的下策！

三、增强藏语广播电视新闻类节目时效的几点思考

回顾历史，党和国家对我省藏语广播电视特别是藏语广播电视新闻宣传是十分重视的。青海藏语广播早在 1952 年 7 月 22 日即正式开播，电视《藏语新闻》也于 1984 年起试播。近几年，这种支持更大更多。今年元月 1 日，我省上星的 3 套广播电视节目中，有整整一套藏语广播节目，有一套汉藏语综合电视节目。在国家有关部委的扶持下，数以千万元计的中短波广播发射中心今年也将着手筹建并部分开始运作。规模宏大、设施先进的青海广播电视中心今年可望立项，预计“九五”期间可以建成使用。这一切都为青海藏语广播电视的发展奠定了良好的基础，创造了良好的条件。其中，无疑也包括为增强藏语广播电视新闻类节目时效性提供了必不可少的、更加直接

的物质保证。但要使增强新闻节目时效性得到具体落实，我以为至少要从三个方面协作配合：

一是要依靠中央台的鼎力相助。现在，中央人民广播电台虽然早已开办有藏语广播节目，遗憾的是藏语广播的语言仅为卫藏方言。就全国藏胞而言，能听懂、会使用卫藏方言的只占总人数的近一半，而能听懂、会使用安多方言的藏族群众可能更多些。想提高青海藏语广播新闻节目的时效性，由中央人民广播电台增设安多方言的藏语广播节目是最佳途径。倘能如此，则省台藏语新闻节目就可以直接转播或摘编，既免去了再翻译的程序，内容上也更全面、更广泛、更有指导性和针对性，时效上则必然大大提高。与此同时，更希望中央电视台利用现已开通的某一频道，增设少数民族语言新闻节目，包括开办藏语卫藏方言、安多方言电视新闻节目。这是关系到加强各民族团结、扩大各民族交流、提高少数民族群众整体素质、满足不同民族日益增长的精神文化生活需求的大事，相信广电部和中央电视台会给予足够的重视。

鉴于这是一项牵涉面广、难度大的工程，短时间内难于实现的实际情况，建议中央台做好增加、恢复或坚持事先传输节目、稿件的工作；或由广电部总编室负责这一工作，通过利用即将在全国开通的传输网络，尽快将重大新闻、与少数民族群众关系紧密的新闻传送到省台，以便藏语广播电视新闻工作者提前译制好节目和稿件，力争实现汉、藏语新闻同步播出这一全新目标。

二是主要依靠自身的努力。省厅作为主管全省广播电视事业发展的政府职能部门，对于促进藏语广播电视新闻节目时效的提高，有着义不容辞的责任。从硬件上说，要为提高藏语广播电视新闻宣传时效提供必要的物质保证，包括尽快建成中短波大功率广播发射中心和广播电视中心，要逐年增加对两台藏语部经费的投入，为他们添置必不可少的设备。同时，要创造条件，为州、县广播电视台（站）适当添置、更新设备。更重要的是要从宏观上具体抓好藏语广播电视新闻宣传通讯队伍的建设。首先要建立和恢复全省藏语广播电视新闻宣传通讯员队伍网络，重点是充分发挥州、县台站集体记者的作用。要制订切合实际的办法，把各地集体记者是否积极为藏语广播电视新闻采写稿件，采写稿件的数量、质量是否达到规定要求，与他们的职称考核、评定结合起来。省电台、省电视台群众工作部要从自然来稿的作者中注意发展有培养前途的，特别是懂藏语的通讯员，引导他们参与藏语广播电视新闻宣传。在此基础上，省厅每年要有计划地安排一至两次藏语广播电视通讯员培训，请学有专长和长期从事藏语广播电视宣传的编辑记者授课、辅导。让通讯员到两台藏语部实习，采访、编辑、录制、译制节目，从较高层次上发展一批骨干通讯员。经过严格筛选、考核，两台还要向骨干通讯员颁发通讯员证，以便他们在当地采访。这种从我省实际出发的做法，可以在很大程度上缓解藏语新闻编辑、记者奇缺的困境，更可以通过这些通讯员之笔、之手，使发生于各地的新闻，发生于藏族群众身边的新人新事新风貌、新变化，藏族群众普遍关心的热点、焦点问题及时、迅速、大量地反映到省台和州台，使藏语新闻更加贴近现实、贴近群众，更具有广泛性、针对性和可听可视性。这既符合新闻的规律性，也必将大大提高藏语新闻类节目宣传的时效性。

省电台、省电视台藏语部无疑更要发挥龙头和主力军的作用。一要互相配合、协同作战，发挥藏语广播电视的整体优势，让他们共同参与藏语广播电视新闻的采访、录制、译制工作，也可以分头采录，分头译制，实行稿件互用制度。二要充分利用其他藏语新闻媒介，如《青海藏文报》的新闻稿件，或改编或摘编，以增加较为直接、较为简便的消息源。其间，要大大加强与西藏、甘肃、四川、云南等有关省区台的联系和合作，定期或不定期交换藏语广播电视新闻节目，逐步走多台联网的路子。这样，相对译制汉语新闻而言，无论从工序上，从时间上都要优越得多，可以收到事半功倍的效果。三要增加藏语新闻的数量，增加播出次数，以达到重大新闻和要闻、快讯在滚动播出中扩大覆盖面，提高收听收视率，提高藏语新闻时效的目的。

省台藏语新闻记者承担的另一个重要任务是，对全省范围内发生的重大新闻或突发事件、重点报道、典型报道，要全力以赴，集中人力、物力，到新闻源头进行深入采访，要发扬不怕艰苦、连续作战的作风，及时、全面地给予报道，做好跟踪报道、连续报道等安排并认真落实，确保对重大新闻能在最短的时间内作出反应。要特别注意事关民族团结、祖国统一重大事件的反映，在中央和省委的统一部署下，旗帜鲜明地进行有分量的报道。要在坚持正确舆论导向的前提下，讲求宣传艺术，把握报道的时机、角度、分寸和效果。其中，必须大大加强言论稿件的组织、选题和落实工作。这既是无产阶级新闻宣传的原则所在，是必不可少的重要环节，也是少数民族语言广播电视新闻宣传格外要注意的一个方面，在我省藏语广播电视节目均已上星的今天，这方面的宣传显得尤为重要。

三是要发挥全社会的积极性。藏语广播电视宣传是党的事业，也是人民的事业。增强藏语广播电视新闻类节目的时效性，离不开全社会的支持。过去，我省党政机关、企事业单位、农村、牧区、街道学校等等社会各界对我省汉语广播电视给予了许多的支持，相比之下，对藏语宣传的关注、重视还不够普遍。主要原因是宣传部门发挥主观能动性不够，比如我省遇有重大活动，事关全省改革、发展、稳定的大事，省委、省政府领导历来十分重视，只要新闻单位有邀请他们发表广播、电视讲话的考虑和安排，只要可能，省领导无不认真准备和参加。但我们以往的做法，常常是只请省领导在汉语节目中讲话，而很少请会藏语的省领导直接到藏语广播电视播音室，直接用藏语发表讲话，如果我们能在这方面做出努力，则时效、宣传效果都必将大大提高。相信省领导也一定会给予支持和充分的理解。因此，这应该是我们今后必须十分重视的一项内容。

再是电视台在派出记者采访本省重大活动、重大事件时，要适当安排藏语记者参加。作为被采访单位或组织者，最好能给藏语广播电视编辑部提供与汉语新闻节目记者一样的材料，以便藏语广播电视编辑及时编译，努力实现与汉语节目同步。

特别是在我省召开"两会"或召开农村牧区工作会议，开展事关民族地区、民族经济发展、民族团结等重大活动时，希望上级部门和会议、活动的组织者，尽可能考虑让藏语广播电视记者参加。如省里召开"两会"时，倘使有藏语部记者参加，不仅能大大提高藏语广播电视新闻的时效，而且报道的面也将扩大，被采访的对象倘是会藏语的委员，则还可以增强亲切感、贴近感，他们采访的稿件反过来还可以提供给汉语节目，一举多得。只要组织单位能给予大力配合，藏语广播电视时效性的提高必将有一个大的突破。

与此同时，需要各地宣传部、广播电视部门协助做好发展少数民族通讯员的工作，抽调或组织通讯员班子。在工作上、生活上给予支持，并尽可能保持通讯员队伍的相对稳定。我们还要下大力气进一步动员社会力量参与，请专家、学者帮助译制节目，撰写民族语言的稿件等等。我们认为，如果在上述三个方面有所进展，则藏语广播电视节目的新闻性就一定会有较大的提高。(与人合作)

文章来源：《昆仑声屏》1997 年第 1 期。

广播电视新闻翻译刍议

广播电视作为现代化的新闻传播媒介，不仅是教育和鼓舞全国各族人民建设社会主义物质文明和精神文明的最强有力的工具，也是党和政府密切联系群众的最有效的工具之一。运用广播电视在少数民族地区宣传党的路线、方针、政策，是党和政府对广播电视工作最基本的要求。尤其在当今改革开放的形势下，利用新闻媒介在民族地区及时传播党的改革开放政策，国家的经济建设形势，传递经济发展信息就显得更为重要。因此，我们只有在对少数民族新闻宣传上狠下功夫，努力做一番文章，才能使我们少数民族地区的广播电视工作发挥其应有的作用。

我们青海是一个多民族聚居的边远省份，主要居住着汉、藏、蒙古、回、土和撒拉等6个民族，其中藏族、蒙古族、土族、撒拉族有自己的民族语言，尤其是藏族和蒙古族有通用的自己民族的语言文字。作为具有91万人口的藏族，在我省少数民族总人口数中占47.8%，分布在78万平方公里的地区。从藏族历史分布状况看，在阿里三围、卫藏四翼、多康六岗的地域分布看来，青海藏族聚居区属多康六岗地区，其方言为安多语和康巴语，语言环境比较特殊。另外，由于历史的、现实的、主观的、客观的等诸多原因，藏族地区经济发展缓慢，交通不便，信息闭塞，教育落后，文盲率高，再加之地广人稀，信息传播慢，许多边远牧区当日当月报刊一个月后才能收到，有些地区半年收不到几本书刊，只有依靠广播电视获取信息，这就对我们广播电视工作提出了更高的要求。如何办好我省广播电视事业，特别是藏语广播电视，将党中央的路线、方针、政策，国内外大事，当前改革的形势以及经济建设取得的成就、经济信息等大量、及时地传播给我省藏族地区，是历史赋予我们光荣而艰巨的使命。

一、办好藏语广播电视，从全局看，翻译是关键

近年来，对藏语广播电视的体制进行了改革。为了培养编辑、采访、翻译全面发展的人才，将过去纯粹搞翻译，单一的部分同志进行了合理调整，发挥每个人的特长，在家是编辑(包括汉藏文编辑)、翻译，出外是记者。这有利于编采译人员素质的全面提高，培养多面手，以解决新闻工作者不足的问题。我们这样做，并非翻译工作不重要，实则恰恰相反，我们是基于如下的客观现实：藏族在我省尽管是大民族，但就全国范围看，毕竟只有400多万。因而，要想将党中央的声音，全国乃至全世界的信息、先进的科技知识等等，能够迅速地传播给广大藏族人民，非通过翻译不可。所以，从这个意义上讲，搞好广播电视新闻的翻译工作是至关重要的。

二、广播电视新闻的翻译，更要通俗化、大众化

从多年广播新闻稿件翻译的实践中，我感到，要想收到好

的宣传效果，除了做到选材准，针对性强以外，必须在稿件的翻译工作上下功夫。这是因为，我省目前收听工具较普遍，而广播电视又有它传播速度快、面广，受文化知识的局限性较小的特点。但它也有比报纸、刊物不足的一面，广播电视语言瞬间即逝，作为听众和观众，没有推敲思考的余地。就藏语广播电视的翻译稿件讲，通俗化、大众化尤为重要，其理由，一是鉴于当前民族文化素质普遍较低，经济不发达的现实状况，各翻译单位要相互配合，致力于名词术语的规范化，不能过分强调方言差别，各行其是。由广播电视的性质和任务所决定，它的宣传内容包罗万象，无所不有，因此，每个新鲜事物的出现，几乎都是它第一个碰到，必须首当其冲，得由广播电视翻译工作者定名。二是在连接词的使用上不能死抠文法格式。众所周知，书面语和口语是不尽相同的，我们通常评价译文要通俗易懂，这是就通俗的书面语而言。我们安多藏语广播电视，没有严格的遵循文法格式，使之更接近群众的口头语言。例如：在གི་ཀྱི་གྱི་འི་ཡི五个连接词的使用上，我们一般只用གི和འི两个词，其中除了འི的用法和书面语相同外，གི用得较多。因为这样做，更能接近或符合群众的习惯用语。比如：

群众生活 མང་ཚོགས་གི་（ཀྱི）འཚོ་བ།

青海畜牧业 མཚོ་སྔོན་གི་（གྱི）ཕྱུགས་ལས།

有些词在书面语中两者通用，而在口语中一般只用一个的，我们通常只用后者。如：

ད་དུང་།（书面语） ད་རུང་།（广播用语）

ཡོད་འཇོག（书面语） མཉམ་འཇོག（广播用语）

三、广播电视新闻人员必须熟悉汉藏两种语言

从多年的翻译实践中，我有个深刻的体会，搞广播电视新

闻的翻译，除了要有一定的文化知识，知识面也要尽量宽一些外，必须熟悉两种语言，否则很难胜任本职工作，有时甚至会闹笑话。例如，有些影片中由于故事情节的需要，模仿日本人说中国话，“小孩！你的大大的好”，观众哄堂大笑，这说明这类话观众是听懂了，但为什么发笑，道理很简单。在广播的翻译稿件和初学藏、汉语的同志的语言中，有时也能发现类似的句子，如：

羊粪 ལུག་གི་སྐྱག་པ།（羊的大便）

拉着马 རྟ་དྲུད་ནས།（托着马）

这显然是不熟悉藏语的缘故。相反，不熟悉汉语的同志，又会产生这样的情况：

刚才又跑了一个地震（ད་སོམ་ཡང་ས་འགུལ་ཐེངས་ཤིག་བརྒྱུགས་ཐལ།）

驴哭了（驴叫）

鸟响了（鸟鸣）

穿上帽子（戴上帽子）

所以，作为本民族的知识分子，有个向群众学习语言的问题，更何况翻译工作者，特别是广播电视新闻翻译工作者，一定要过语言关。否则，不是译文句子生硬，让人费解，使听众听不懂或不爱听，收不到好的宣传效果，便是从主观出发，瞎编词语，闹出笑话。

四、关于直译和意译

广播电视稿件的翻译中有条不成文的规定，我认为大致是可取的。即在广播电视新闻中的政论文，包括社论、摘用革命导师的语言，党的方针、路线、法律条文，一般要以直译为主，用词要准确严谨，甚至注意每个标点符号，尽量做到能表达原文风格，绝不允许随心所欲。而一般的农牧业生产消息、自然科学常识、人物通讯等要注重意译，不去死抠字眼儿。这类稿件要尽量做到句子短、译文精练，最好用口语讲，切忌啰嗦和采用倒装句。如将“解决问题”，译作：“གནད་དོན་ཐག་གཅོད་བྱེད་པ།”使人听起来别扭，也不符合用语习惯；再如：“张口便是……”译为“སྨྲམཆུ་སྤྲུལ་བ་ཉིད་དུ……”就是听众懂藏文，乍一听也很费解，如果将这两个短句译作：“གནད་དོན་ཐག་གཅོད་པ།”和“ཁ་གདངས་ཚོད་ལ།”，使人一听便能听懂说的是什么。

另外，“凡是群众语言都要采用”，这种说法我认为不大科学，要择优用之。因为我省藏族群众，牧民和农民讲话不无差异，除了发音不同外，有些词的用法也不尽相同。如：“我爸爸说”，牧民讲起来是“ངའི་ཨ་ཕས་བཤད་གི”，而农民则是“ངའི་ཨ་ཕ་གིས་བཤད་གི”。前者既是群众的口头语言，又符合文法格式，我们就应选用前者。

五、切忌使用方言中带有歧义的书面语

有些藏文词汇，在书面语中表示一种意思，在方言中又有另外一层意思，这就产生了歧义。这类词汇如果在出版物上出现，凡是懂藏文的，一般都能够理解其所要表达的原意，但由于广播的特点所决定，我认为不宜在广播稿件中出现，应该杜绝。比如：

“就是解决问题”གནད་དོན་ཐག་གཅོད་བྱེད་པ་རང་རེད།

“没有调查就没有发言权。”ཞིབ་འཇུག་མ་བྱས་ན་གཏམ་སློང་བྱེད་དབང་མེད།

就རང和དབང在这两处所表达的意思，从书面语讲是确切的，但在安多方言中，是否会使人产生误解，变成这样的

意思：

“解决问题是白费劲。”

“没有调查就没有时间发言。”

拿后一句来说，在安多方言中有这样的说法：“ཚིག་གསུམ་བཤད་དབང་མེད་གི ཁོམ་གསུམ་སྤོ་དབང་མེད་གི”，这里所说的དབང，我的理解不是指单纯的某项权力，而是指时间，差别如此之大，广播中不能照搬。

六、关于敬语的使用

卫藏方言和安多方言相比较，在日常生活用语中，卫藏方言使用敬语较多，而在安多方言中相对较少。在广播电视稿件中，究竟对什么人物，在什么场合使用敬语，没有明确的界限可以遵循。记得在“文革”中，有些人到电台质问我：“你们对哪些人使用敬语？”当时因为今天这个是“走资派”，明天那个又是“反革命”，我感到为难，无法回答，只能应付：“对毛主席和无产阶级司令部的人。”按照以往安多地区群众的习惯用法，一般的只用在活佛头人身上的较多见，当然皇帝和大臣更无须说。但在卫藏方言中，至今在同志之间也使用较多。如：

བཞེས（吃）ཕེབས（行）གསུང（说）གནང（赐予）ཞལ（脸、容颜）

ཚེམས（牙）ཤངས（鼻）སྙན（耳）དབུ（头）མཇིང（脖子）

ཕྱག（手）ཞབས（足）等等。

我的看法是，敬语不可不用，但也不可滥用，要得当，最好只用于党和国家领导人、对党和人民的事业作出巨大贡献、功绩卓著的人物身上。当然我这是指我台藏语广播而言，至于卫藏方言中的习惯用法，那应另当别论。

七、关于“挖”、“创”、“借”

汉译藏时，在名词术语的处理上，从事翻译的同志过去有个较一致的看法，不外乎“挖”、“创”、“借”。所谓“挖”，就是挖掘藏文固有而今仍然有生命力的词汇；“创”就是为过去没有的新词定名，这是大量的；所谓“借”是指借音。

近年来，因为藏语文界没有专门的研究机构，即便有，由于各种原因不能充分发挥作用，对这方面的工作不能进行有效地规范指导，只能是各行其是，给群众造成了一定的混乱。例如“草库仑”一词，究竟是“草——库仑”呢？还是“草库——仑”？因为这是蒙古语，我请教过蒙古族同志，据说，“库仑”在蒙语里是围墙，那么“草库仑”就不难理解。我过去在《仓央嘉措秘传》中曾见过“库仑”一词，藏文中写作“ཁུ་རེ”，很可能是蒙古文译音。而今有些将“草库仑”译作“རྩྭ་མཛོད་ར་བ།”。如果不采用“挖”的办法，译为ཁུ་རེ，也可译作རྩྭ་ར，较为妥当，因为这里汉语的“库”，绝非是“མཛོད”而是借音。另外，在挖掘方面，《毛泽东著作选读》中，中央马列著作毛泽东著作民族语文翻译局的同志将“主观”、“客观”有时改译为“ཡུལ་དང་ཡུལ་ཅན།”，我认为较好，因为藏语文本身有这些词汇，而且表达词意更确切，更容易被人接受。

随着改革向纵深发展，大量新词术语不断地涌现，这也是历史的必然。如“吃大锅饭”、“一刀切”、“软科学”等等，都有很好地研究的必要，特别是藏文的科技词汇更是贫乏。所以，广播新闻的翻译工作者，更有穷于应付之感。

至于“借”，目前看到的没有“文革”时期多了。过去广播翻译人员怕担风险，犯错误，该译的不译，往往一“借”了之。我认为，有些词汇在无法确切表达原意的情况下，不可硬译，但也不可借译过多。否则就不能保持民族语言的纯洁性，变成大杂烩。像我们有些地区的藏语一样，别的地区的藏民听了不完全懂，因为汉语借音过多，而汉族同志听了也不懂，因为它毕竟还是藏语。

在广播电视新闻稿件的翻译中，我有上述肤浅的体会和拙见，作为学术问题，缺点甚至谬误在所难免，现提出来和翻译界的同行们共同商榷。

文章来源：《昆仑声屏》1992 年第 1 期。

办好有中国特色藏语广播电视初探

随着改革开放的不断深入，藏语广播电视在我国广袤的西部藏族地区的地位越来越突出，作用越来越重要，影响所及，业已扩大至南亚大陆、欧美诸国。如何使这一少数民族语言大众传媒成为同样具有中国特色的舆论宣传工具，是少数民族语言广播电视宣传研究的一个新课题。本文拟结合我省藏语广播电视发展、现状谈一些粗浅的认识。

一、藏语广播电视在我省广播电视中的位置

藏语广播电视在青海广播电视中的位置，有一个历史发展过程。1952 年 7 月 22 日，青海人民广播电视藏语节目正式开播。由于历史条件的制约，开办之初，基本上由宗教爱国人士、民族上层人士到电台进行藏语广播。其后，虽然招收、调入了几名藏族同志，也大都为农牧民的子弟或来自寺院的僧人，对藏语广播知识了解之少可想而知。加之该节目每周只播出一次，每次仅 20 分钟，又安排在《综合节目》中和汉语交叉播出，自然难有大的作为。这一过程突出反映了两点：一是党和政府自青海一解放就十分重视藏语广播的作用，二是藏语广播的起步先天不足。即便如此，在党和政府的正确领导、亲

切关怀下，在老一代藏语广播工作者的辛勤耕耘、无私奉献下，几十年来，藏语广播从无到有，从小到大，从少到多，从单一到系统，有了一支较好的队伍，设置有新闻、社教、专题、文艺等部门。对巩固民族团结、祖国统一，提高少数民族群众的文化科学知识水平，发展民族地区的经济，推动社会进步等各个方面作出了积极的贡献。其间，除了1966年至1976年受“文革”的干扰外，经历了初创、发展、大发展三个阶段。

第一阶段为1952年至1957年的初创阶段。节目内容以宣传中国共产党的路线、方针、政策，介绍国内外大事，进行爱党爱国主义教育为主，以全文翻译播送中央、本省重大事件、领导人讲话、《人民日报》重要社论等为主，广播了毛泽东主席在中国人民政治协商会议上所致的开幕词以及《共同纲领》《西藏班禅堪布会议厅给毛主席、朱总司令的致敬电》，青海省三年建设成就，周恩来副主席在政协全国委员会第四次会议上所作报告，海北、海西、海南筹备建立专区级民族区域自治政权的消息，海南、果洛、黄南、海北、海西自治州成立的消息，门源、化隆成立民族自治县的消息，西藏自治区筹备委员会成立的消息，中共第八次全国代表大会召开的消息，青海省发展生产十年规划等等重要讲话、文章和重大事件等。有力地增进了民族团结，促进了政权建设，较好地完成了一系列重大宣传任务。特别是1956年4月后，藏语广播由原先的每周播出一次增加到每天播出两次，由每周播出20分钟增加到每周播出280分钟。实现了编、译、播工作原先由台外人士担任到全部由省台工作人员完成的转变，为此一阶段的宣传提供了人员、时间的保证。

第二阶段为1958年至1965年的发展阶段。其突出成就在于从1958年1月1日起，藏语广播成为一套独立、完整的节目，使用1010、6500千赫的频率播出。日播出两次共2小时35分钟的新闻、文艺、专题、服务类节目（1960年冬至1961年春一度每天播出6小时35分钟的节目）。是年年底成立了藏语广播室。此一阶段，主要播出了中央领导来青海视察，我省黄南、海北、海西、循化、化隆等自治州、县成立十周年的消息，工农牧业生产大发展，人民公社成立，大跃进等报道。在报道我省建设成就的同时，也一度造成为泛滥成灾的“五风”火上浇油、推波助澜的负面影响。

第三阶段为1977年至今的大发展阶段。“四人帮”被粉碎后，藏语广播得到恢复。特别是党的十一届三中全会后，随着新闻机构改革，藏语广播出现了长足的发展。节目内容、时间大幅度增加，到目前，累计开设专题节目22个，日播出时间8小时25分。藏语编辑部从1986年8月起，实行了“编、采、译合一”制度，编采稿件由过去的将汉文翻译成藏文改为直接用藏文编写成具有藏语文特点的广播文体播出，省了翻译这一工序，为藏语广播的进一步通俗化、口语化创造了条件。尔后，成立了记者组，使直接播出的新闻稿件和自采稿件数有了较大幅度的增加。曾一度成立的省电台藏语广播业余说唱团，创作、录制了一大批具有民族特色和时代气息的藏语广播剧、小品、器乐曲、歌曲等文艺作品和节目。有部分节目获全国、省级评比奖。

在此期间，1984年青海电视台成立藏语编译部，开始播出《藏语新闻》。1989年10月1日藏语电视开始试播。设有《藏语新闻》《天气预报》《文艺节目》《专题节目》等栏目，并播出了藏语电视剧、电影等。1994年，第一次由该台编辑、译制人员独立完成电视剧译制任务，结束了青海电视台自己不能译制电视剧的历史。1995 年，藏语电视新闻实现了天天播出的目标。目前，该部自制新闻、专题、文艺节目量占全年播出总量的三分之一强。标志着青海藏语广播电视走上了同步发展的轨道，形成了互为补充、相得益彰的局面。

这一阶段，藏语广播电视较好地完成了各项重大宣传任务，突出宣传了党的十一届三中全会以来我省各条战线取得的成就，改革开放给我省带来的巨大变化，正确、全面、客观地宣传了党的方针、路线、政策。文艺、专题、社教等节目，坚持了“二为”方向和“双百”方针，坚持了民族地方特色；贴近实际、贴近生活、贴近群众，出现了“弘扬主旋律，提倡多样化”的可喜格局，并有一大批优秀节目问世。

最能集中体现藏语广播电视发展的有以下几点：

一是报道突发事件的能力增强。1985 年 10 月，唐古拉地区连续降雪 32 小时，积雪平均厚度达 50 厘米，交通中断。为配合中央、省委、省政府营救被大雪围困的 800 余名牧民和 9 万多头（只）牲畜，广播发挥其独特优势，利用广播向受困群众反复播送空投物资的方向、时间，使濒临绝境的群众获救。1995 年 11 月，玉树地区遭受 40 年罕见大雪灾后，藏语电视记者深入灾区第一线采访，迅速向中央和省委、省政府报告灾情，为中央、省委、省政府正确决策、稳定人心起到了积极的作用。在对待“班禅转世灵童”的认定上，两台藏语部摆事实、讲道理，正确宣传党的政策和决策，为祖国统一、民族团结创造了良好的舆论氛围。

二是经济宣传力度有所加大。这些年，藏语广播电视注意加大民族地区经济发展宣传的分量，从转变藏族群众观念入手，报道了民族地区经济发展的成绩和藏族群众中典型人物的事迹。内部开办了广告、信息业务，开展有偿服务。尤其是在为藏族群众传递信息、联系购销等方面做得十分周到、细致，给部分藏族群众勤劳致富提供了门路。

三是节目业已突破省界，走出国门。近几年来，随着兄弟省、区台合作的增加，我们与甘肃、云南、西藏、四川藏族群众较多的省区，或联办节目，或交换节目的交流日益密切，其结果是广播电视节目受众也随之增加。再是由于广播自身的优势，使一些节目传至海外，尤以藏语文艺等节目，不只在海外藏胞中有一定的影响，而且拥有不少不同国籍、不同肤色的受众。

综上所述，经过数十年的实践、探索，藏语广播电视至今已成为自成体系、门类众多的少数民族语言重要的宣传手段和工具。随着今年我省广播电视节目上星，这一大众传媒理应成为与其他语种同样具有中国特色的宣传载体，无疑要求它必须坚持广播电视的党性原则，亦即坚持正确的舆论导向，当好党、政府和人民的喉舌；必须坚持以经济建设为中心，服务全党、全国工作的大局；必须坚持“三贴近”，以提高舆论引导水平，提高可听性和可视性。

二、办出有中国特色藏语广播电视的思考

笔者以为，要使藏语广播电视真正具有中国特色，需要切实处理好几个关系：

（一）搞好中心工作宣传与办出特色的关系；

（二）延长播出时间与节目不足的关系；

（三）现实要求与人员素质的关系；

（四）提高节目质量与搞好创收之间的关系；

（五）设备的完善与经济能力的关系。

广义地说，搞好中心工作的宣传，应是新闻、文艺、社教、专题性节目互为补充、互相配合的。深化改革开放、促进经济发展、推进社会进步是中心工作的题中应有之义。作为藏语广播电视，同样负有宣传党的路线、方针、政策的任务，同样有着坚持“双百”方针和“二为”方向的责任，同样要严格遵守党性原则，遵守无产阶级新闻学所规定的一切原则。同时，还应该从一个民族共同的语言、共同的心理素质这一渊源以及今天的现状去进行更有针对性、民族性的宣传。比如民族区域自治的宣传；比如马克思主义民族观、宗教观的宣传；比如科技文化知识的普及宣传；比如发展牧业生产的宣传等等，就要比汉语广播电视更为突出，更加浓重。既要宣传外部世界的变化给藏族人民思想观念转变、民族地区经济发展所带来的机遇、挑战和冲击，更要宣传藏族人民投身改革开放大潮、社会主义市场经济大海所创下的业绩。引导藏族人民不断摆脱固有、封闭的生活、生产方式的羁绊，引导藏族人民站在中华民族的立场，继续牢固树立“两个离不开”的观点，使之在深化改革、扩大开放、发展经济、稳定社会中发挥藏族独有的贡献。

文艺、专题宣传，要更多地反映藏族人民的内心世界、风俗习惯，藏族人民的所思所想、所喜所恨，藏族人民古老的传统、有生命力的艺术精华瑰宝。尊重藏族人民的信仰，包括藏族人民的表现形式。如在民歌演唱中，汉语习惯用“红太阳”比喻毛主席、共产党，是颂词。在藏语中，“红”所表达的意思恰恰相反。又如，我们常见文艺作品中用“鲜红的哈达”来表示尊重，其实犯了同样的错误，都有悖于藏族文化、藏族传统和藏族习惯。藏语应是“洁白的哈达”，唯洁白才圣洁等等。采取脱离实际的、划一的用语、形式从事藏语广播电视宣传，犹如让不懂汉语的藏族群众收听收看汉语广播电视一样，是绝不可能体现出民族特色来的。

要办出有民族地方特色的藏语广播电视，首先要立足于为广大藏族群众服务这一点上。据不完全统计，目前仅青海藏族群众就有近百万，占全省总人口的约21%。是除汉族外人口最多的少数民族。他们主要分散居住于五个藏族自治州和一个蒙古族藏族自治州的占全省总面积90%以上的州、县、乡、村和广袤的草原。这些地区又毗邻西藏、四川、甘肃、新疆四省区，其中，西藏、四川、甘肃三省区也居住着数百万藏族群众。藏语广播电视必须面向他们，让他们看得懂、听得清，喜欢看、愿意听，是藏语广播电视的根本所在。其间，就必须协调好普及与提高的关系。所谓普及，一是指宣传内容上尽可能通俗化；二是指宣传形式上要做到大众化、口语化。所谓提高，即在录制、采写藏语广播电视节目稿件中，要努力实现藏族语言书面语的一统化。长期以来，由于历代统治阶级“分而治之”的统治和“四人帮”的干扰，加之地理、交通、自然环境等诸多因素的制约，尽管有统一的文字，但到目前，藏语还存在安多、康巴、卫藏三大方言差异。如果在稿件中塞进各自的方言、俚语，在很大程度上会影响相互交流、理解。所以极需要从现在起抓紧抓好藏语言一统化的工作。这件工作做好了，才有可能在更高层次上、更广范围内办出广播电视自己的特色，也才能以自己的特色更广泛地走向世界。

随着藏语广播电视自身的发展以及藏族群众对精神文化生活日益强烈的需求，增加节目数量，延长播出时间已是势所必然。但如何解决长期以来困扰我们的节目源不足的矛盾？笔者以为，本文上述力争实现藏族语言一统化，是最简捷、最有效的途径。要做到这点，我们广播电视从业人员特别是领导干部，必须解决以谁为中心的问题。我们认为，我们没有必要去争以哪里的方言为中心的问题，随着改革开放和市场经济的发展，只能顺其发展，顺其自然融合，不要人为地设置障碍，只要从思想上解决了这个问题，对群众可适当做些引导工作，相信可以取得事半功倍的效果。因为藏语广播电视不同于汉语广播电视。汉语广播电视部门只要有钱，只要有交换的渠道，节目源不足的矛盾就容易解决得多。相反，藏语广播电视所有的节目都必须使用藏语，无论译制汉语节目，还是外语节目，需要投入大量的资金、人力不说，单就译制周期而言亦勉为其难。倘使能在藏族地区兄弟台之间互相交换，又有通俗的藏语书面语作保证，则节目来源可望大大增加。其次，要充分利用中宣部、文化部、广电部今年所发通知的机遇，在接收各地电影制片厂、电影译制厂的同时，尽可能发挥少数民族语言译制厂从业人员的积极性，让他们参与节目的译制，这同样是一个广阔的天地。再是充分发挥藏语广播电视的整体优势。让藏语广播工作者参与藏语电视节目的译制，或者成立藏语广播电视译制中心，集中藏语广播电视工作者共同投入广播电视的采录、译制。一旦合二为一的体制得以实现，其能量将大大超过目前藏语广播电视所发挥的作用。此外，还可以动员社会力量参与，或请专家、学者帮助翻译，或与社会各界联办，或授权某一部门独立拍摄、录制节目。还可以充分利用现有的宣传档案、资料，以备不时之需和进行再创作。总之，通过多种渠道办藏语广播电视，藏语广播电视节目源不足的问题应该是可以逐步得到解决的。

藏语广播电视宣传要办出特色，又要增加节目数量，更要坚持正确的舆论导向，提高节目的质量，关键在于必须有一支“政治强、业务精、作风正”的队伍。可是从现状剖析，这方面恰恰是我们的薄弱环节。

数十年的实践证明，藏语广播电视宣传队伍总体上是好的，是受到党、政府和各族群众高度信赖的。老一代藏语广播电视工作者视党的新闻事业为生命，敬业崇业，献了青春献终身，至今大都成为部门骨干，有的走上了领导岗位。新一代藏语广播电视工作者，有着老一代藏语工作者无法相比的优势。他们充满活力，观念新，文化层次高，具有大专、本科甚至研究生学历的人比比皆是，接受新事物快，业务能力也强。

另一方面，近些年来，老一代藏语广播电视工作者有不少同志已经退休，即使还在岗位上的，尽管有数十年的实践经验，但原先文化基础较差，未能使新闻实践升华到理论，包括译制理论、播音理论等等。搞技术的藏语广播电视工程人员也一样，加之较少资料积累，仅靠以老带新已不适应迅猛发展的广播电视形势。

从更广泛的范围看，我省藏语广播开办至今已 44 周年，藏语电视试播也已有 7 年的历史，至今省内无一所专门的培训学校。新一代藏语广播电视工作者一般就读藏汉文的文科，真正毕业于中文系的很少，学理科的也很少，毕业于高校新闻系的几乎就没有。不少同志不要说不懂新闻理论，连新闻原则、新闻规律也不懂，喉舌意识、实践意识、贴近意识等十分淡薄。大多数同志从事新闻工作时间又不长，对党的路线、方针、政策往往不求甚解，对本民族优良传统美德、艺术精华也少有继承，对社会主义市场经济理论、科学知识了解不多。因此，反映在宣传上“与其昏昏，使人昭昭”者有之；反映在写作上，一味追求辞藻华丽的有之；反映在实践中，缺乏面向群众的更有之。有的部门甚至发展到了置三级审稿制度于不顾的地步。凡此种种，与新时期、新形势下党的民族宣传工作要求极不适应。对此，各级领导要强化对从事藏语广播电视宣传的全体编、采、译、播人员特别是青年同志进行喉舌性质、舆论阵地的教育，使之成为党的路线、方针、政策的正确、全面、客观的传播者，宣传纪律的模范执行者。要采取行之有效的措施，包括请学有专长的专家、学者讲学，实行岗位培训与自学相结合的学习制度，报送到中央民院、广播电视院校、党校深造等途径，学政治、学社会主义市场经济理论、学科学文化知识、学法律法规，培养一批具有强烈政治责任心、崇高使命感、知识渊博的合格的新闻工作者。同时让他们在实践中学习，在学习中实践，特别是提倡年轻从业人员树立实践意识，鼓励他们到改革第一线，到基层，到牧区，熟悉藏族群众的工作、生产、生活，了解群众的喜怒哀乐，挖掘蕴藏在群众中的巨大热情，写出富有时代精神、民族地方特色的作品。要给他们压担子、提要求，将进步快、贡献大的同志及时选拔到领导岗位。为适应新时期少数民族语言广播电视发展的形势和需要，也建议广播电影电视部所属大专院校，单独开设藏语班，以使培养少数民族语言广播电视人才的工作更有针对性。

藏语广播电视节目的质量是藏语广播电视的立身之本。要提高节目质量，无疑应以江泽民总书记提出的“以科学的理论武装人，以正确的舆论引导人，以高尚的精神塑造人，以优秀的作品鼓舞人”为出发点和落脚点。具体到创作上，则应尽最大努力做到“革命的政治内容和尽可能完美的艺术形式的统一”（毛泽东《在延安文艺座谈会上的讲话》）。实践证明，藏语广播电视节目质量的提高，与节目在内容上的贴近现实、贴近生活、贴近群众，选题、角度上的突出民族性、地方性有极大的关联，凡是在这两个方面有所突破、有所创新的，节目上就有厚度、有深度、有力度，就有广泛的受众和较强的宣传艺术魅力。

毋庸置疑，节目质量的提高有待于人力、物力的投入，其中资金的投入多少是一个重要的环节。在自身经费奇缺的情况下，当然可以通过创收或社会赞助来解决。然而，我们必须坚持以社会效益第一为原则，绝不应该为了获得赞助或为了创收而放弃这一原则，甚至迎合一些人的不健康心态，更不可以为了钱而做出有损于国格、人格，有悖于祖国统一、民族团结的事来。面对西方反华势力亡我之心不死，“西化”、“分化”图谋花样翻新，我们一定要保持清醒的政治头脑，必须保持高度的警惕和具备政治责任心、政治敏锐性，万不可见利忘义。我们还可以引导、动员藏族通讯员参与我们的宣传。实践证明，经过几年举办的几期培训班，藏族通讯员队伍不断扩大，年收来稿 1600 多条（篇），这也是弥补我们人力不足的一个重要方面。

广播电视事业是一项高科技、高投入的事业。藏语广播电视亦然。从现状看，扩大藏语广播电视的宣传效果和有效覆盖，更新设备显得更为迫切。我省和其他藏族地区一样，同处祖国西部经济发展相对滞后地区。要解决这一矛盾，当前和今后一段时间，务必抓住中央向西部地区给予必要倾斜政策的机遇，加大争取中央支持力度，还要通过努力，争取发达地区兄弟厅局对我们的支持，特别是取得对口支援兄弟厅局的支持。再就是走自我发展、自我完善、自力更生之路，以开展创收、发展第三产业、发挥藏语广播电视系统优势，向以广播电视养广播电视的目标靠拢。这方面我们是可以有所作为的。以青海人民广播电台藏语部为例，最近几年，他们通过播广告、播信息，开设广播捎信业务、从事第三产业等途径，年创收 20 多万元，在一定程度上缓解了资金不足的矛盾。这既是广电部有

关发展西部地区广播电视事业的既定方针，也是我们应该努力的目标。（与人合作）

文章来源：《昆仑声屏》，1996年第1期此文获第五届全国广播电视学刊优秀论文三等奖。

往事悠悠话当年

“过去的一切将会变成亲切的回忆”，每每读到或听到普希金这娓娓动听的诗句，就能勾起我对往事的回忆。的确，回忆过去，深感亲切；回忆过去，能激励未来。

一

50多年前，我还是一个被大家称为“小鬼”的少年，小学毕业后，由于家境贫寒，无力供我到县城上学，只好辍学，在家当放羊娃。1956年，当时的青海省人事局来我家乡招工，我有幸被录取到青海人民广播电台藏语室工作，从此，我这个放羊娃便成了国家干部。同事们见我年纪小，都亲切地叫我“小鬼”。

当我走进机关大门时，还穿着一身蓝色藏袍，头上盘着一圈小辫子，辫梢上还系有黑丝线穗子。每当遇到活佛，我就得按我们藏族的习惯，赶紧解下头上的辫子，搭在肩头。在我心里，活佛就是活着的神，是至高无上的圣人。当时的省电台在省人委大院，大院里有不少活佛和我们在一个办公楼里上班，朝朝夕夕都能碰到他们，所以，我头上的辫子经常得解下盘上，盘上解下，久而久之，感到是个负担，干脆，一狠心进了理发馆，革了辫子的命，留了个“洋头”，为此事，回家过年时还挨了家里人狠狠的一顿尅。

我尽管是一个身着藏袍、头留盘辫的藏族人，可由于家乡多民族杂居，汉族文化早已渗透，因而当我到了识文断字的年龄时，首先受到汉族文化的熏陶。我从七八岁开始读私塾，学《三字经》《百家姓》《千字文》等，后来又上了一年高小，便当了放羊娃。由于我从小酷爱文学，放羊期间，凡是农村能找到的汉文古典文学作品，我都靠查字典一一阅读，《薛仁贵征东》《五虎平西》《三侠五义》《说唐》《包公案》《薛丁山征西》《精忠说岳全传》《水浒传》等等都是我当时爱不释手、反复阅读的书籍。由于年纪小，记忆力强，为我以后的文学修养奠定了良好的基础。

然而，当时我并没有学过藏文，只是在闲暇时，有段时间每天早晨到姑父家学过几个藏文字母，但还不会拼音。到西宁后，因为得搞藏汉文翻译工作，便在工作之余请同事教授小学二年级藏文课本，半年后，由组织上保送我和其他几位同志去青海民族学院中级语文班插班学习藏汉文。刚入学时，老师要看看我们的水平，出了些藏文题目让我们答，在考我的题中，有一题问“首都”是什么意思，我答成汉族居住的地方。事后问同学才知道答错了，所以印象很深，至今记忆犹新。原先，想学习，但没有机会，到民院后学习的自觉性较强，特别是对藏文尤其专心。由于基础太差，当时班上正在教授桑热嘉措先生编写的文法及正字学，我感到很吃力，通过刻苦学习，终于以较好的成绩毕业了。

二

从青海民族学院毕业后，我回到机关开始了翻译生涯。每天翻译一二百字的广播稿，经老同志审定，改得面目全非，又得重新抄一遍，在抄的过程中，往往又要抄错好多。

当时，我对自己从事的广播工作的重要性一无所知，更不知道什么是新闻。记得有一次，我们在办公室听收音机，收音机里正在播送藏语新闻，我感到很好奇，便跑到播音室看播音到底是怎么回事，当时是直播，从透过玻璃可以看到播音员。我想他在这儿说，我们在办公室里听，这有什么意思，却压根不知道还能发射出去，很远的地方也能听到。

当时设备很简陋，播音和放音都在一个房间里，播音员边播音，边放唱片。下乡了解听众对广播的意见，因收音机很少，就得背上一个好几斤重的铁壳干电收音机。在牧区开座谈会，有不少人第一次看到收音机，看了前面看后面，牧民在帐篷里边收听，围着收音机绕圈圈，对看不见人，但又能说话的铁匣子，感到十分好奇。我们下乡搞录音，背的是钢丝录音机，可惜现在都看不到了，它的“磁带”是钢丝，录音时，像我们藏族老奶奶用线杆捻毛线一样，钢丝断了，打个结，就可以继续录音，不过录音时得埋上地线，否则会打电。

随着广播事业的发展，我的业务水平也得到了提高，知识面不断拓宽。1958 年，藏语广播由原来插在汉语广播中间播出，改由单独的中、短波频率播出，自成体系，形成了一套完整的节目，主要有新闻、专题、文艺、天气预报等等；机构名称也由藏语室改为藏语广播部，增加了人员，和汉语广播部并行，构成了青海人民广播电台的两个主要部门。其间和在此后的一段时间里，因缺乏办藏语广播的经验，更主要的是脱离实际办广播，也曾走过一段弯路，主要表现在节目的设置及播送的内容方面。我记得我们在藏语广播中曾照搬汉语的一套做法，设置过广播体操节目。可是，我们的听众在牧区草原上，谁去组织大家做广播操呢？牧民听众当时谁都不知道广播体操是怎么回事。还有一个节目，好像叫《学习毛主席著作》，从毛主席著作第一卷开始读起，每次30分钟，读到哪里算哪里，第二天再接着读。这样办节目，抛开其他不说，就当时我省牧区实际看，识字的人寥寥无几，“毛选”又是书面语，其效果就不言而喻了；更有甚者，有些文艺编辑，在藏语文艺节目中还播送汉语话剧，完全脱离了藏语广播的实际和服务对象，让人啼笑皆非。

三

从青海民院毕业后的两年多时间里，由于还不太适应工作，我便下功夫主攻了藏文名词术语关。到了1960年前后，我已有了较大的长进，已能修订他人的稿件，同时我还利用业余时间，翻译了《党性与世界观》和《人民公社的分配制度》两本书，另外主要自修翻译理论、民族宗教理论。

“文化大革命”期间，省电台汉语广播停止了自办节目，完全变成了转播。由于我省办的藏语广播系安多方言，中央台的藏语广播是卫藏方言，青海地区听众听不懂，故在抄收中央台新闻后翻译播出外，以后还增加了少量本省新闻，但在翻译工作中，“左”的思想也达到了登峰造极的地步。比如说，“毛主席是我们心中最红最红的红太阳”，作为本民族干部谁都知道这句话要是直译，意思恰恰相反，即是说由于见到了红太阳遭到了莫大的灾难。按藏族习惯说法应该是“金色的太阳”。但由于当时的高压政策，谁都不敢直言不讳地陈述，只得不顾民族习惯说法和比喻意译，而是百分之百地“准确”直译；再如，有个县上修了条“三忠于”水渠，并将这些事编写成文艺节目上演，在尾声部分有献哈达的场面，在审查节目时通不过，原因是所献哈达不是红的而是白的，为什么是白哈达，不得不改献红哈达。我们当时也只好译作红哈达，再不能是“洁白的哈达”，否则不成了政治问题？谁担得起风险？文艺节目就更不用说了，每天都是汉语演唱的样板戏，不是“阿庆嫂”便是“打虎上山”。

邓小平同志的南方讲话对我党“左”的危害作了很深刻的论述，“左”的表现不仅是在“文化大革命”中，而在我党的历史上沿续时间较长。我省藏语广播自成体系后，在很长一段时间内，历届部主任都因不懂藏语文，藏语讲话录音，从群众中录来的民歌，都要翻译成汉文送审，这样一来，无形中增加了工作量不说，在翻译成汉文的过程中，由于业务水平等原因，译文又都走了样，如果有些改动，再将汉文译成藏文，译来译去，一篇稿件面目全非。特别是有些藏族民歌，原文中都是用比兴手法排列的，有的领导同志不懂得藏族的生活习俗，更不懂得藏族民歌，所以也闹了些笑话。比如，藏族民歌中有的词是这样的：“毛主席，像太阳”，“共产党像月亮”。领导同志审稿时，从科学的角度，以高度负责的精神提出这样的问题：“毛主席像太阳，不错，但是怎么能说共产党像月亮呢？因为月亮是不发光的嘛，不能用”，如此等等。藏语广播自1958年自成一套节目以来，一直到后来我是在藏语编辑部就任主任职务的第一位民族干部。在任职期间，领导上先后派我们到延边朝鲜族自治州、内蒙古、中央台民族部等兄弟广播电台考察了解他们办广播的经验，回台后，我们根据以往自己的一些经验和教训，大胆地进行了一些尝试。提出“结合青海实际，大胆创新，勇于开拓，走自己的路”的口号，坚持民族化方向，力争办出自己的特点。成立了记者组、新闻组，这样从根本上改变了以往“你编我译”的做法。过去，编辑组的同志一般不下乡，不了解牧区实际，加上不懂藏语，编辑的有些汉文稿件无法翻译成藏语，如“黄河，也叫玛曲”。实际上黄河是汉语，“玛曲”是藏语，翻译将黄河只能译为玛曲，绝不能再将它译成黄河。也就是说，如果是一篇汉文稿，原话应写为“黄河，藏语叫玛曲”，需要翻译时，再不能重复讲，但过去这种由于不懂藏语而造成的笑话时有发生。成立记者组后加强了编采工作，让全部门的同志，包括播音员都有机会参加编采译工作，在实践中得到锻炼和提高。除了日常工作外，我们还聘请了汉语编辑部的老编辑、老记者讲授新闻理论和新闻业务，在实践的基础上将同志们所学到的知识巩固下去。

四

我作为一个翻译出身的新闻干部，“文化大革命”期间，还只是翻译组组长，除了被免去职务，由“革命派”掌权以外，并没有受到多大冲击。然而，在“文化大革命”的年代，迫于当时“封资修”批判大潮兴起的形势，我将多年省吃俭用买来的一架子车书籍，除留了几本工具书外，全部卖给了废品收购站，让孩子们买了冰棍吃，应该说，这是我一生中的一件憾事。

“文化大革命”后期，特别是党的十一届三中全会以来，我有了进党校和业务进修班较系统地学习马列主义、新闻理论、新闻业务、藏文文法以及古藏文的机会。我曾有幸考入中央民族大学古藏文研修班，学习了历代档案文献翻译、宗教史、民族理论、藏族古典文学等专业课程，尽管以后因妻子生病，我不得不中途辍学，但对一些主要课程我都进行了比较系统的学习。我到党校曾系统地学习了马列主义哲学、政治经济学、民族宗教理论等，随着职务的变化和工作的需要，我又去兰州大学高级新闻讲习班学习，亲耳聆听了由新闻界老前辈谬海棱、田流、甘惜分、吴文翰、林凡、林立等讲授的新闻理论和新闻业务课程，其中主要有党的新闻工作传统与改革、记者的十八般武艺、新闻与报告文学、新闻学与历史学、新闻理论研究、新闻学与法学、记者—杂家形象、杂文与杂文写作等等。

在此期间，我除了参加一些专门的培训外，主要自修了古典和现代文学作品，其内容大致为：春秋笔法、司马迁的人物特写、韩愈散文的技巧、柳宗元的散文、欧阳修散文的特色、梁启超的时评、鲁迅杂文的表现手法、我国名记者研究、辞章与技巧等。在有目的地学习一些名家作品时，并潜心精读了许多文学名著和经典史书。由于自己是藏族，又是一个民族语文工作者，因此，也时常博览藏文的经典史书及文学作品。

随着知识的积累，奠定了一定的功底，工作之余，我结合自己的业务，运用汉、藏两种文字先后发表过多篇在本省及至全国广播电视听众、观众中产生一定影响的文艺作品和一些关于民族问题及藏语新闻翻译的论文。主要作品有：译著：《党性与世界观》（藏文）；论文：《民族问题浅谈》（藏文）、《广播电视新闻的翻译刍议》；广播剧：《雪山悲歌》（汉文，上下集）、《逝去的彩虹》（藏文）；杂文：《路》（藏文）、《巴儿狗与高帽子》（藏文）；电视连续剧《孤堡》（汉文，4 集），

1992 年在全国少数民族题材电视剧评比中获“民族团结”奖；电视剧《含泪的笑》（汉文，上下集），获 1989 年青海省建国 40 周年文艺创作奖；论文《办好有中国特色藏语广播电视初探》（与人合作），1996 年获第五届全国广播电视学刊优秀论文三等奖；《当代中国广播电视回忆录》中收录个人回忆录《往事悠悠话当年》；主持主编《青海省志·广播电视志》，获第三届全国广播电视著作评选三等奖；业绩收入《中国少数民族作家辞典》《科学中国人·中国专家人才库》和《世界优秀人才大典》。

回顾我走过的道路，是党将我这样一个放羊娃培养成了一名新闻工作者，我在广播电视战线走过了 45 个春秋，每迈出一步，都和组织的培养、同志们的帮助以及个人的努力分不开。而今的广播电视，已经和我当初从事这一工作时的情形有了天壤之别。作为一名老新闻工作者，我衷心祝愿我省藏语广播电视事业欣欣向荣，不断发展，因为藏语广播电视事业培养了我，我也时刻关注着她的成长与发展。

文章来源：《青海藏语广播》

（青海人民广播电台藏语广播四十周年纪念）

难以忘却的往事

我省的藏语广播已经走过了55年的历程，在人类历史的长河中，只是弹指一挥，但作为我个人来说，现已是年近古稀，当年的小鬼，已是霜染两鬓，面对的是诸多回忆。其间，有不少的欢乐，也不诸多艰辛。对于事业的发展、业务能力的提高，我也曾在诸如《往事悠悠话当年》等几篇文章中作过讲述，在这里我不想多说，但是有几件事情老是萦绕在心际，挥之不去。从中可以看出自己成长的过程，更重要的是它折射出党培养一个民族干部实属不易，因此也更加热爱我们的社会制度，更加热爱自己毕生所从事的广播电视事业。

我的家乡化隆县石大仓村是一个既有农业也有牧业的半浅山地区。我小学毕业后，要至县城上完小，由于家境贫寒，不得不将一匹母马和一匹小马驹，换了一头牛，找的钱供我去上学。在入学考试的150多名考生中，我很荣幸地考了第一名，所以学习劲头十足。我上了一年学，家里再也无力供给我上学的费用，只好辍学，除了放牧牛羊，还要从事农业生产。我有个姑父，是个苯教信徒，藏文较好，我每天清晨在他还未起床就到他的炕头跟他学习藏文，晚上给村里一批青年男女上课，教汉字，当汉文老师。

1956年，由于牧区建政和省里各民族单位工作的需要，省人事局来我村招收懂藏汉两种语言及有一定文化知识的藏族干部时，我有幸被录取。第一次坐上了汽车，别提有多高兴了，车后扬起的沙尘遮天蔽日，弄得满身满脸都是厚厚的一层，连鼻子都不通气，只好用嘴呼吸。到西宁后，南来北往的人群，小商小贩沿街叫卖，五颜六色的汽水，点着油灯推着有玻璃罩卖烤鸡的小车，牛奶醪糟，可谓琳琅满目，目不暇接，真是大开了眼界。我们一共有9人，住在省人事局招待所，几天后，8人被分配到青海人民广播电台工作，只剩我一人还住在招待所，原因是我当时年纪太小，只有15岁，电台不接收。后来经过人事局的同志一再做工作，我才被电台勉强接收。

上班了，我们根本不知道广播为何物，要翻译新闻稿件，我们的那点知识根本无法适应工作，所以每天的任务是学习藏汉文。我学的是小学一年级的藏文课本："学校门儿大大开，念书娃娃上学来。"下午下班时，打扫办公室，这个活儿对我们来说不成问题，大家都很卖力气。我们9人中，有一位汉族同志，他原先参加过工作，懂的比我们多，所以有好多事情，我们都要请教他。上班几天后，有一天他说今天是星期六，不需要上班，吃过早饭，便到城外菜地里去玩，当时包括现今青海日报社所在地全是菜地，田埂上流水潺潺，菜地里萝卜、蒜苗、大葱、韭菜等各样蔬菜清香扑鼻，花5分钱就可以买到一大堆水萝卜，在渠水中清洗后，爬到西门的城门楼子上，一边观景，一边享受着香甜脆美的萝卜，令人心旷神怡！到往日快下班的时候，我们悠闲地回到办公室，看到老同志们都在打扫卫生，我们都傻了眼，当时部门的负责人说我们无组织无纪律，自由散漫，狠狠地训斥了一顿，我们都毕恭毕敬地垂手站立一旁，大气都不敢出，事后只有埋怨我们的"顾问"进行了误导。

在生活上我还是保留着在家时的习惯，我买了一个头号大缸子，早上用它盛水洗脸。洗完脸，解开腰带擦完脸，洗了缸子，再拿它去盛饭。饭后缸子就放在办公室外面的窗台上，过了很久，我的缸子不知被谁拿走了，这才迫使我将吃饭和洗脸用具分了家。很长一段时间我还是穿着藏服上班，头上缠着长长的辫子，辫梢还有乌黑的丝线穗子。脚上有一双大头鞋子，只不过鞋背已经张了口，在家时除了冬天有牛皮靴子穿外，夏天都是光脚跑，到西宁后有鞋子穿，这已经有点奢侈了。按照我们藏族的习惯，看到活佛必须将头上的辫子解下来搭在肩上，弯腰站在一边，否则就是对活佛的大不敬，我当然也是如此行事。当时才旦夏茸活佛和我们在一个楼上班，经常会碰到他，日子长了，感到啰嗦，很不自在，有时绕道走，后来干脆革了辫子的命，留了个“洋头”，轻松了许多。

当时我们的月薪是30元，除了每月的饭费15元外尚有结余。因为穿着藏装，身上没有口袋，钱都揣在怀里。有次上完厕所，腰带松了，想重新系一系，一解开腰带，刚发的30元钱全部掉进有些斜坡的便池里，只好找了几根树枝把钱拨出来，拿到自来水笼头下放水冲洗干净后，再拿到阳台上晒干，但颜色依然发黄。我很担心这些钱用不出去，到了晚上，急忙去西门口小商店里买了一套中山装和一双布鞋，好在老板没有提出钞票的颜色问题，便高高兴兴地跑回了宿舍。我的同事们都对我买的东西进行了一番评论，认为衣服还可以，但说鞋子是女人鞋，我很不服气，因为我在家时，经常看到一些汉族家孩子穿的鞋上有两根布带子，在脚面上打个活结，鞋不容易掉落，所以买了双有布带在鞋边系扣子的鞋，这怎么又成了女人鞋呢。第二天我冒着发黄的钞票被发现的“风险”又去了那家商店，问老板这鞋是男鞋还是女鞋，老板确切无误地告诉我是女鞋，我不得不提出要换双男鞋时，老板笑了，说“你这个尕娃阿门搞的，连男鞋和女鞋你都分不清!”从这时起，我基本上告别了藏装。

因为我们不能适应工作，有 5 人调去了果洛，剩下的 4 人被保送到青海民族公学（毕业时已改为民族学院）中级语文班学习，和学员同等待遇，主要学习汉、藏语文及政治。我小学时就加入了少先队，并任中队长，在民院学习时，我又加入了共青团，也算是有了些进步吧。此时的我，已经尝到了没有文化知识的苦头，所以学习的自觉性很高，几门主课的成绩都在不断地提高。

当我们毕业返回电台时，总算可以翻译一篇完整的短消息了，但是经老同志修改后满篇皆红，要重新抄写一遍，播音员才能播。有时在抄写的过程中，还会抄错多处，不得不再次校正，这也是我真正工作的开始。

组织上对我们这些民族干部生活上既热情照顾，工作上又严格要求。当时我们的播音室在人委（现省政府北大楼后面）孙中山纪念堂旁边，我们住在西门口（在现体育馆后面）一家一进两院的居民房里。冬季播音开始时天还不亮，为了不迟到，藏语第一任播音员格勒同志，每晚睡觉时将脸盆扣在桌子上，上面再放上闹钟，闹钟一响，这样声音很大，容易醒来。有次他值早班，闹钟和生物钟都没有起作用，睡过头了，等他醒来时，窗户纸发白，他赶快起床，穿上衣服，套上毡靴就往外跑，推开门一看，原来是下了厚厚的一场雪。由于时间所剩无几，他穿着毡靴在雪地里狂跑，跑了一阵，已经是大汗淋漓，上气不接下气。脚上的毡靴实在是个累赘，他干脆脱下来，提在手里，光脚在雪地上向播音室跑去。当他在刺骨的寒风中踏进播音室的门槛时，刚开始播放《开始曲》，他喘着粗气，定了定神，将已经麻木的双脚伸进毡靴，开始了播音，总算没有迟到！格勒同志虽然离开我们已经十多年了，但每当想起他为我讲的每件事情时，我经常为之感动，我敬佩他的这种敬业精神！

我省是个多民族地区，上世纪 50 年代，由于刚解放不久，党的民族政策的宣传力度很大。记得在我们毕业庆典上，当时的省委副书记兼民院院长扎西旺徐同志还专门讲了民族政策。记得我们刚参加工作时，藏汉族同志之间对相互的风俗习惯很不了解，闹出了矛盾。有位藏族同志和一位四川籍的汉族干部住在一起。有天晚上，这位藏族同志早早上床睡觉了，衣服全脱在宿舍里仅有的一把靠背椅上。这位汉族同志晚上出去跳舞，回来较晚，将衣裤袜子也顺手丢在了椅子上。早上这位藏族干部发现自己的衣服上有别人的裤子和袜子，很忌讳，拒绝穿衣服，一场风波随之而起。最后只好领导出面，按照藏族习惯，找来松柏枝点燃后仔细薰了一遍，才算了事，两人又重归于好。

在我 45 年的工作生涯中，在广播电台度过了 32 个春秋，所以我对广播事业始终抱有很深的感情。藏语广播起初在中共青海省委、省政府的关怀及喜饶嘉措等藏族知名人士的支持下，邀请有关方面的人员组建了藏语广播委员会，时任省文教厅厅长，著名的藏族学者桑热嘉措先生任主任委员。当时藏汉语广播共同使用一个频率，由于发射功率较小，覆盖面有限。到 1957 年，藏汉语广播才分频播出，藏语节目的中波发射功率为 2 千瓦，短波为 7.5 千瓦。

为了加强对广大农牧民群众及基层干部生产生活宣传的针对性，我们时常下乡征求群众对藏语广播的意见和要求，并做一些采访，对个别不切合实际的栏目做及时的调整。当时牧区收音机很少，我们下牧区时，时常背着体积很大的铁壳电子管干电收音机和钢丝录音机，这种录音机像藏族妇女捻线的用具，如果钢丝断了，打个结可以继续录音，但必须接上地线，否则会打电。交通工具主要是马，有时还得步行，所以下乡是一件很苦的差事。记得有一次我和一位汉族同志下牧区，早上我们都喝了不少纯牛奶，由于吸收不了，一路上拉肚子，感到浑身无力。草原上紫外线强，感到背上的东西越加沉重，浑身冒汗，口干舌燥，好在远处山坡下有几顶牦牛帐篷，我俩便加快脚步向帐篷走去。离帐篷不远处有条小河，我们都穿着皮鞋，到河边后，准备脱鞋蹚水过去时，发现有几块大石头，就踏着石头跳过了河。大草原一望无际，牧草青青，天空碧蓝，百灵欢唱，河水清澈见底，好不惬意。我俩躺在草地上休息了片刻，再次向帐篷走去。忽然发现有几只大藏狗翘着尾巴像射出去的箭，直向我俩扑来，我们本能地急转身往回跑。现在想来，人哪有狗跑得快，再跑也无济于事。到了河中，哪有工夫踩着石头过河，直接蹚河跑到了对岸，惊魂未定，再回头张望时，我俩又好气，又好笑，原来是五六只牦牛犊撒欢嬉戏。现在它们悠闲地在山坡下啃食着青草，我俩虚惊一场，才坐在地上倒出皮鞋里的水，拧干泡湿的裤子，再次向帐篷走去。

当时藏语广播中文艺节目非常贫乏，社会上能提供藏语文艺节目的团体很少，因此不得不在民间采集大量的民歌播出。其中有一种叫拉伊的藏族情歌，也是我们时常播出的节目之一。在我们下乡征求听众意见时，有一些年轻人表示欢迎，但是大多数家庭表示反对。原因是一家人有老有小，兄妹在场的情况下，不能听拉伊，连拉伊二字都不能说出口。所以他们听广播总是提心吊胆，唯恐收音机中唱出拉伊避之不及，弄得全家人十分尴尬。据说有些人家围坐在一起时，收音机里突然唱起拉伊，来不及关掉收音机，便将随手可及的皮袄衣物拉过来盖在收音机上，收音机还在衣物下发出沉闷的声响，弄得全家人哭笑不得。在服务性节目中，有段时间每天清晨还播出“广播体操”节目，除此还播出过汉语戏曲等，通过调查，我们取消了这些不切合实际的栏目，使播出的节目逐步走向内容丰富、群众喜欢的轨道。

当下时逢藏语广播55周年华诞，如今的藏语广播已经不能和当年同日而语了。作为广播战线上的一名老兵，真是思绪万千。我上面所讲的只是个人成长的部分经历，基本上没有涉及藏语广播的发展史。从年轻的广播从业者看来，我所讲的可能是故事，是天方夜谭，我可以负责任地告诉大家，这并非虚构，是真实的。我由一个放羊娃成了国家干部，也写了一些在全国、全省获奖的作品，并成了中国少数民族作家协会会员、青海省作家协会会员，获得了高级职称，走过的道路是漫长的。这里有党的培养，也有个人的勤奋努力，有道是“长江后浪推前浪，青出于蓝而胜于蓝”，我如今虽然休闲在家，但看到我省的藏语广播电视事业日新月异地发展，一大批年轻的藏族干部茁壮成长，感到由衷的高兴。他们再也不会有我们这一代人的经历，摆在他们面前的是一条广阔平坦的大道。望同志们，百尺竿头，更进一步，祝事业有成，家庭幸福。

文章来源：《昆仑声屏》2007年第4期。

逝去的彩虹（电视短剧）

一

天空乌云翻滚，电闪雷鸣，狂风呼啸，大雨倾盆。

青海湖掀起巨澜，气势汹涌。

湖边草地上，绿草茵茵，百花盛开，阵阵狂风过处，嫩绿的青草和艳丽的花朵像湖面的波澜急速地奔向远方的山脚。

羊群为了躲避暴风雨的袭击，三五只头对头地蜷缩在一起，一动不动；只有牦牛满不在乎地喷着粗重的鼻息，依旧啃食着青草，从那长长的毛梢上，滴落着晶莹的雨珠。

在狂风暴雨中，一个人骑马自远方疾驰而来。

渐近。来者是个藏族青年，约莫二十四五岁，他头戴一顶草绿色礼帽，身穿紫红色氆氇褐衫，足蹬一双长筒马靴，显得英武而潇洒。他双手紧拉马嚼子，俯身向前，紧贴在马背上。黑里泛红的脸膛上，一双炯炯有神的大眼睛直盯着前方，露出焦急的神态。雨水从他直直的鼻翼两侧，通过棱角分明、微微上翘而又紧闭的嘴唇向下颌流去，滴落在马鬃上。跨下一匹滚圆的雪青马，斜伸出打结的尾巴，翻动着四蹄，像飘浮的云，离弦的箭，向隐约可见的牧民定居点飞驰而去。

一道闪电划破长空，随之一声霹雳，震撼大地，推出片名:《逝去的彩虹》

（在奔驰的骑手背影衬托下，推出片名、编导、演员字幕。）

二

骑手来到一户人家门前，迅速跳下马背，将马拴在门前的马椿上。

骑手急匆匆走进大门。

院中。东、西、北三排土木结构的房屋，南面是畜圈。中间一座花园，旁边的桑墩里冒出的桑烟，随水变成一条飘浮不定的白色缎带，散发着柏枝、巴鲁草及炒青稞面等混合物浓郁的馥香。

北屋里，几乎被占去房间三分之二的土炕前，站着老少数人。一名藏族妇女桑吉，左手端着一只龙碗，碗里有半碗牛奶，年纪约在50岁，右手不停地擦拭着眼泪。人们眼睁睁地望着躺在被窝里的病人。他约莫50开外，鬓发开始斑白，面颊通红，两眼深陷，嘴唇干裂，呼吸急促，额头放着一条湿毛巾，出现阵阵昏迷，危在旦夕。

骑手进屋，几个人不约而同地转过头来。桑吉满面泪痕。

骑手：“阿叩（叔父）、阿妈，罗桑曼巴出诊到巴扎村去了，卫生所的同志说，他们一定设法通知他，让他尽快赶来。”

桑吉一双失神的眼睛，毫无表情。那个被称作阿叩的人（伊喜）正在低头沉思。

一老者示意大伙走出门外，低声说：“伊喜、桑吉，你俩听我说。”他将拿在手中的念珠，缠在手腕上，“我活了七十一岁，经历过的事多，看来华洛的病的确不轻，但愿‘三宝’（佛、法、僧）保佑他，能逢凶化吉。为了预防万一，我看得赶快料理后事。”

桑吉望着老人：“阿尼旦且（旦且爷爷），华洛他身体一向很壮实，从不生病。可这次……唉！”她停了停，抹了一把泪，“前两天，请来三个阿卡念了一天平安经，可他还是不见好，现在我也没了主意。”

伊喜：“阿尼，看来华洛是不行了。”他眼圈发红，伤感地说：“你知道，我们兄弟俩从小孤苦伶仃，相依为命。后来我出了家，在寺庙里过了大半辈子，五八年还俗后，又吃了不少苦头。这些年，多亏党的政策好，我们的生活总算是安定、富裕了。眼下，喜饶长大了，华洛两口子也很照顾我，我也心满意足了。”他望了一眼屋檐下流水槽中哗哗倾泻的水柱，深深地叹了口气：“可是我的命不好，华洛要走在我的前头了，这也是命中注定的！今年又是他的本命年，看来劫数难逃啊！不过，是他积了阴德。据说，这几天清吉林来了一位赤烈活佛，我已经求人请他给华洛念念‘指路’经，好让华洛安心地走，去极乐世界，这样，也算尽了我的心意。”

阿尼旦且满意地点着头。

三

大雨变成了毛毛雨。

院中桑墩上桑烟依然不断。

大门口，喜饶眼巴巴地望着远方，显得十分焦急。

四

厨房里，烟熏火燎。

案板上、地上，堆满了大米、酥油、肉食、锟锅馍馍以及油条等。

藏式灶的两个灶门口，火焰熊熊，锅里大块肉在沸腾，蒸笼里直冒蒸气。

桑吉和四五个藏族妇女脚不沾地地忙碌着。

五

北屋炕上。

华洛平躺着，身上盖一床大红缎被。他大口大口地喘气，憋得满脸通红，嘴唇干裂发紫。

华洛神志逐渐清醒，突然听到一声尖叫，他吃力地睁开眼睛，看到一位活佛坐在床靠窗的一边。他头戴金顶黄帽，身穿黄缎袈裟，前面的小方桌上，摆着一卷发黄的藏经和各种法器。活佛微闭双目，嘴不停地蠕动着。

一名侍从喇嘛，跑前跑后地忙碌着。

华洛认出是位活佛，想挣扎着坐起来，以示恭敬，但身不由己，浑身像铸了铅，只好作罢。他竭力盯着活佛念经的嘴。

华洛已经知道活佛在念什么经，脸上露出凄楚的表情。

活佛念经的嘴。

华洛面部表情转而平静，精神上像是得到了慰藉，继而又昏迷过去。

六

骄阳似火，牧草蔫了，花儿低着头，没有一丝风。

华洛手拿牧羊鞭，看不见自己心爱的羊群，只有牧狗趴在地上，伸着长长的舌头，直喘气。他茫然四顾，发现前边一座大山，白云缭绕，瞬息万变。一条幽径，直通山坳，两旁峭壁陡崖，古木参天。山腰数座寺庙，红墙绿瓦，赫然在目，清晰可辨，依稀有鼓乐之声。

华洛忽然看见为他念“指路”经的活佛，手持念珠，满面慈祥，站在路边，缓缓向他招手。华洛急忙摘下帽子，双手在胸前合十，躬身疾步向活佛走去。华洛拾级而上，感到步履艰难，口干舌燥，大汗淋漓。他一边奋力攀登，一边观望，又见活佛头戴金冠，身披锦缎袈裟，座下莲花，祥云缭绕，五彩缤纷，光焰夺目。忽然活佛腾空而起，飘然远去。华洛口诵嘛呢经，拼命追赶。

华洛气喘吁吁，精疲力竭，一屁股坐在地上。他抬头寻找活佛，又看见一只雄鹰在空中盘旋，猛然像支箭一样，向自己的头顶直扑下来。华洛急切间举起双手护卫，不料手腕上被它啄了一口。华洛惊叫，渐醒。

七

华洛睁开眼睛，只见自己的手腕上挂着吊针，侧面站着两个人在低声说话：

“喜饶，你阿爸的病很重，我已作了紧急处理，现在得赶快设法向县医院求援，请他们派救护车来，越快越好！”

八

一间小屋。

伊喜盘腿坐在炕上，嘛呢转轮放在面前的小方桌上，吸着鼻烟，脸色阴沉。旁边，才吉手扶炕沿，跪坐在地上，一双失神的眼睛，求救似地望着罗桑。

罗桑双腿吊在炕沿上，斜坐在伊喜对面。他低着头，若有所思。

喜饶坐在一条长凳上，扭头看着墙角，吊着脸。

室内空气沉闷。

伊喜吸了一阵鼻烟，看了一眼喜饶，开口道："你是想把你阿爸的这把老骨头丢到县上！活佛已经降佛旨，说你阿爸寿数已尽，已经为他念了'指路'经，今天还在为他祈祷。可你就是不听话，瞎折腾，让你阿爸活受罪！"

喜饶十分烦躁地站了起来："关于阿爸的病，我不知道说了多少遍，大伯你就是听不进去，而你说的这些都不符合科学道理！刚才我听阿叩罗桑说，我阿爸的病是因为……"

伊喜生气地插话："我知道你要说什么。喜饶，你听着！你是共青团员，你阿叩罗桑是党员，我不反对你们的信仰，但我也不想放弃我的信仰。你们不是常说实践是检验真理的唯一标准吗？那么就让事实说话吧，除非事实证明我错了！"他停了停，继续说道："我何尝不希望你阿爸的病有转机，但赤烈活佛说，没有希望了。这种时候，你还一意孤行，不想着如何料理后事，倒反过来教训起我来了！"他两眼逼视着才吉："看看你养的好儿子！"

喜饶站起身，从墙上摘下马鞭子，急匆匆地向门口走去。

罗桑和善地说：“伊喜大叔，请您不要生气。我作为一名党员，曼巴，眼下最要紧的是如何想方设法治好你弟弟的病，这是我的责任，也是你应尽的义务。我不反对你的信仰，不想和你在这样的时刻争论有没有‘来世’的问题，也不是说你不疼你的弟弟，但是我敢肯定，你这种疼爱的方式错了。在这性命攸关的时刻，我不同意你的做法。我一定要尽最大的努力，将罗桑从死神手中夺回来！在这点上，我想我们的看法是一致的吧？我希望能得到你的支持。”

伊喜紧蹙双眉，神情稍有平静，微微颤抖的手，不停地摇动着嘛呢转轮。

九

一辆白色救护车在青海湖畔疾驰，由大变小，继而又由小变大，停在医院门口。

在医护人员的簇拥下，华洛被急促地抬进抢救室。

罗桑和喜饶母子夹在人群中。

十

华洛家大门口。

雨停了，天空依然灰蒙蒙一片。

赤烈活佛骑在马上，向身后躬身站立的伊喜挥手，示意让他回去。

侍从赶着一头牦牛，十数只羊，吆喝着，但牛羊总是想往回跑，他吃力地收拢着向前赶。

赤烈活佛和侍从已经远去，伊喜还站在原地眺望。

十一

普通病房。

阳光斜射进室内，墙壁雪白耀眼，一片宁静。

华洛平静安祥的脸。

才吉守在病床旁，虽然面容憔悴，但眉目间闪现出喜悦的神情。

走进两名护士。一人分发药物，另一人将小车推到华洛病床前："华洛大叔，您醒醒，该给您打针了。"

华洛睁开眼，望着护士。

"华洛大叔，您好些了吗?"

"好多了，姑娘，这些天实在是麻烦你们了，谢谢你们。"他接着感慨地说："我这是死里逃生啊!"华洛眼中噙着泪水，语气平稳而有力。

护士一边准备打针，一边说：

"华洛大叔，这是我们该做的，您不必客气。"

"我刚才看到您好像在做梦，脸上还露出笑容呢!"才吉高兴地说。

"是啊，是啊！刚才确实做了个好梦，多亏活佛给我指路，我可活着看到了仙境……"

十二

青海湖湖水碧波荡漾，阳光璀璨。湖面上薄雾迷漫，宛如轻纱白帐笼罩。成群的天鹅、野鸭，展翅追逐，沐浴戏水。

忽然湖面上出现一条路，在氤氲水汽中飘忽，时隐时现，望不到尽头。

华洛感到浑身舒畅，步履轻盈，快步走上桥头。他发现两旁栏杆上，有座座桑墩，从中冒出缕缕青烟。

不远处，赤烈活佛手擎降魔杵，头戴护法牌子，身披锦缎袈裟，面目庄重。他一手指着前方，缓缓而行。

华洛脑海中又浮现出活佛诵经的嘴。

华洛急忙躬身，虔诚地双手合十，紧紧跟随。

十三

华洛家院中。

用砖砌成的花格子花园中，芍药花正在盛开。

天气晴朗，阳光明媚。

一块大红地毯平铺在花墙边，两边铺着毛毡，中间并排摆着三张藏式长条桌，上面堆满了食物。三个大瓷盘中摞的手抓羊肉，像三座小山，热气腾腾。桌旁围坐着十数人，有男有女，有老有少，伊喜和阿尼旦且坐在上首。旦且不停地捻动佛珠，伊喜摇动着玛尼转轮，他俩在默默地诵颂着玛尼经。

病愈出院的华洛，看上去虽然身体虚弱，但精神很好。他面带笑容，坐在伊喜身旁。

才吉忠厚、慈祥而又少言寡语的脸上，露出由衷的喜悦。她提着一把藏式黄铜壶，从厨房中跑进跑出，忙着为大伙斟倒奶茶。

伊喜朗声开口道："今天请乡亲们来，是感谢大伙为我家操劳，帮了大忙。现在华洛的病好了，我们想表表心意，请大家不要客气！"他说着，打开一瓶互助酒，斟了满满一龙碗，送到阿尼旦且手中。

妇女和孩子们嘁嘁喳喳，开始分食肉食。

旦旦接酒在手中，将右手的无名指蘸在酒中，弹洒了三次，开口道：“多亏我佛护佑，华洛才从病魔手中得以脱身。通过这次磨难，他会长命百岁的！”他呷了一口酒，将酒碗递到伊喜手中。

华洛则想着另一件心事，他对伊喜说：“哥哥，喜饶被公安局叫去已经两天了，怎么还不见回来。我实在放心不下，莫非这孩子做了什么违法的事？”

伊喜沉默不语。

旦旦：“华洛，喜饶这孩子可是我看着长大的。别人我不敢说，可他，的确是个好孩子，他绝不会干出什么坏事的。”他说着，眼睛在人群中搜寻，眼光落在一女青年身上，说道：“今天可是个吉祥的日子，来，卓果，唱支歌，让大伙儿高兴高兴。”

卓果在女伴们的催促下，红着脸，慢慢站起来，右手捂腮，唱道：

雪山是宽广的地方，
金色的太阳寿命长，
美丽的星星寿命长，
这长寿、光辉和宽广，
三种快乐汇集雪山上。

岩石是宽广的地方，
鹫鹰身上放光芒，
羽毛翅膀寿命长，
这长寿、光辉和宽广，

三种快乐汇集岩峰上。

草场是宽广的地方，
阿尼阿叩们满面放光，
富裕幸福寿命长，
这长寿、光辉和宽广，
三种快乐汇集在草场上。

歌声刚落，拴在墙角木桩上的牧狗突然狂吠起来，扯得铁绳哗哗直响，大伙儿扭头向门口张望。

门开了，喜饶和罗桑满面笑容地走了进来。喜饶手中捧着两包茯茶，上面放着一沓钞票和一条哈达。他一边呵斥着牧狗，一边向院中喊道：

“大伯、阿爸，看我把谁请来了！阿叩罗桑在前村看病，是我硬把他拽来的，今天，我非得让他喝几杯不可！”继而又欢快地说：“你们来看看”，他一手指着门外，“这是什么！”

大伙儿一窝蜂地向门口拥去。

华洛也由才吉扶着走到大门口。

原来被赤烈活佛赶走的牛羊在草地上安闲地啃食着青草。

伊喜脖颈上顿时青筋暴起，怒问：

“这是怎么回事?!”

“是我赶回来的。”喜饶笑着说。

“你小子连给你阿爸做佛事你都不让，这是给赤烈活佛布施的东西和牛羊，你怎么好再要回来！这太丢人了，我看你往后怎么做人！你已经触犯了神灵，这是要付出代价的。再说，这是政府允许的，你懂吗?”

罗桑：“大叔，请您不要发火，听喜饶给您说嘛！”

十四

一间办公室。

一名公安干部坐在办公桌后面，一边翻阅卷宗，一边讯问坐在对面的喜饶：

“喜饶同志，你阿爸最近得了重病，请了个叫赤烈的活佛做过佛事?”

“是的。”喜饶现出疑惑的表情。

“你们上当受骗了!”

十五

赤烈活佛骑在马上缓缓而行，侍从还在赶着牛羊。

侍从转身向后看了看，已不见村落，环顾四周，并无一人。立时一扫恭维顺从的表情，转向赤烈活佛：

“我的‘活佛’大人，你的戏也该收场了，我跑前跑后，为你牵马坠镫，累死我了，现在该轮到我来享享福了。”他不客气地说道：“下来吧!”

“嘻嘻！说真的”，赤烈“活佛”一边下马，“你也只能干些粗活，我好歹还能念几句经文，要是你，这次准露馅儿。那个叫伊喜的倒是帮了我们的大忙。你没看出来? 喜饶那小子，根本不吃这一套，他阿妈才吉没有主见，才让我们得了手，收获不小吧!”

二人换掉僧装。

侍从骑到马上。

“活佛”赶着牛羊。

“我说且珠”，侍从说，“这些牲畜膘情多好，可是现在草山都分到了户，我们到哪里去放牧！如果饿上几天，就卖不了好价钱，据说，县上最近来了个工程队，有好几百人，保准能卖高价。”

“达怀老弟，我一向佩服你的机敏，剩下的这出戏还是由我唱吧，不过得‘按劳取酬’！”

达怀讥讽地“哼”了一声。

十六

公安局办公室。

公安干部继续对喜饶说道：

“这两个人不是什么‘活佛’和‘侍从’，而是诈骗犯，恶习不改，曾多次作案，行骗手段类同。这次他们是从外地劳改队逃出来的，在他们高价出售你家牛羊时，由于偷税漏税问题，被工商管理局发现，才被公安局抓获归案。”

喜饶很兴奋，欲言又止。

“小伙子，你阿爸有病，应该请大夫诊治，神佛是帮不了忙的。要从这件事中吸取教训，要警惕上坏人的当啊，不然会造成人财两空的！”

“我也是这样想的。”喜饶腼腆地说。

“好了，你家的牛羊在县牧场代牧，你办个手续，把它们赶回去吧。”

十七

华洛家大门口。

听了喜饶的叙述，阿尼旦且愕然。

伊喜低着头，面带愧色。

华洛喃喃自语："那我的梦呢?!"

眼前一条大路通过蔚蓝色的青海湖畔，逶迤延伸，直通白云深处的日月山下。

罗桑指着前方说：

"华洛大叔，像这条路直通金色的北京一样，是党给我们指出了一条人畜两旺的金光大道啊。"他扫视了大伙儿一眼，继续说道：

"华洛大叔患的是大叶性肺炎，幸亏现在我们草原上医疗条件有了改善，要不然他真的升天了。至于你的梦，那是你美好的精神寄托，所以，诈骗犯也能给你指路，引你到'极乐世界'的!"

大伙儿哄然大笑（定格）。

文章来源：《青海剧作》（原文名：《指路》）
1986 年第 2 期；1986 年，由青海人民广播电台
藏语部翻译并制作成广播剧播出。

含泪的笑（电视文学剧本）

人物表

贡　嘎——流浪艺人，35 岁
拉　措——佣人，寡妇，32 岁
桑　姆——村妇，66 岁
老藏医——苯教徒，68 岁
大管家——绰号“曲郎”（意即公牛），50 多岁
老　者——神话中人物
青　年——神话中人物
群众数人

歌声起：

为什么千年的冰川不变样
为什么莽莽荒原多忧伤
为什么格桑花难吐芳香
为什么龙头琴声低沉苍凉
右旋的白螺祈祷吉祥

无情的回报总是皮鞭
受苦人依旧是任人宰割的羔羊

盼暖流驱散周天严寒
望阳春送来五彩霞光
路漫漫啊漫漫路
路在何方
雄鹰啊靠双翅在蓝天飞翔
路漫漫啊漫漫路
路在何方
雄鹰啊靠双翅在蓝天飞翔

新中国成立前某年仲夏。一藏族村落。

夕阳下山，云光万道。

折嘎艺人贡嘎，正在场院里为乡亲们演出。他手拿牛角胡，顶在腰际，头戴“护法牌子”，拿琴弓的左手小拇指上套着一个小环，拴在小环上的线绳连接着几个小木偶，而木偶又紧贴在一块木板上，木板四周拴着红、黄、蓝色绫子及白色哈达，木板吊在腰间。随着弓弦的拉动，木偶机械地起舞，伴着牛角胡清脆的音乐声，双脚不停地跳动，系在脚踝子上的两串小铃铛发出有节奏的声音。

艺人贡嘎面带笑容，边舞边唱道：

要问我来自何处去向何方？
折嘎艺人我表一表衷肠，
请诸位细听端详。
今晨我由何方前来请安？

风尘仆仆从东方来到此间，
今晚我将赴雪域草原，
向藏家父老致意请安，
在这瑞意吉祥的今天，
我将献词祝愿。
我额前皱纹布满，
因为我历经沧海桑田。
我洁白如银的右鬢，
这是古印度的装扮；
我黑如墨漆的左鬢，
这是汉家王族的装扮；
我长长的胡须如霜染，
这是山羊神祇的装扮；
白柄小刀佩腰间，
这是窈窕淑女的打扮；
彩带抛索系腰间，
这是藏家牧人的打扮；
习俗不同各有特点，
地域不同各有装扮。

流浪艺人我嗜酒把杯贪，
是因为五谷丰登有余连年，
装束华丽气宇非凡，
是因为风调雨顺国泰民安。
我头戴新帽绝非一般，
形如雁鸟蛋壳般美观，
帽顶如同雪山云巅，

帽檐呈现五彩斑斓，
一束孔雀羽毛插帽檐，
这是格萨尔王的装扮；
帽檐系有碧玉绿光闪闪，
这是克什米尔人的装扮；
帽檐系有玛瑙红光灿灿，
这是波斯王族的装扮；
红尾帽缨系帽檐，
这是噶尔王族的装扮；
珊瑚串串镶帽檐，
这是蒙古王族的装扮。

贡嘎唱到此处，将手中的牛角胡放到地上，顺手拿起一根棍子作为道具，接着又唱了起来：

我手扶乞杖一杆，
它的父系是松柏参天，
它的母系是檀香缠绵，
子树是杨柳万千，
是檀香木的子孙儿男，
是棕榈树的外甥好汉，
生长于热带地段，
用锋刃和斧所砍。
背在身后如同猎枪一杆，
只需将火药装填，
插在腰间如同宝刀利剑，
不用锻造任你挥砍；

举起它如同玉龙搅寒天，
放下它如同蟒蛇草地盘。
雄狮可被它击打逃窜，
猛虎可被它断爪滚翻，
野牛可被它碎尸万段。
劲敌可被它震撼丧胆。
骑着它如同骏马驰骋撒欢，
不用饲养凛凛威风始终不减，
不用备鞍精神抖擞永向前，
驰骋疆场如同旋风一般，
白嘴骏马四蹄飞溅。
哦！可赞可叹！
我要将不朽的精灵赞叹！
哦！我不可长时间滞留此间，
我得前去为家乡父老致意请安！

围观的藏族群众情绪活跃，每当听到诙谐的唱词或看到滑稽的动作时，或交口称赞，或捧腹大笑。

一藏族妇女正在门口的牛圈里挤奶，脸上露出疲惫的神情。从不远处传来的阵阵喧嚣声，使她身不由己地站了起来，提着奶桶向圈门口走去，继而又走进场院，挤进人群。她看到折嘎艺人的表演，脸上绽开了舒心的笑容。

演出结束，群众散去。

艺人贡嘎在收拾行装。

一些好心的老太太、老大爷从家里端来炒面、锟锅馍、小块酥油及曲拉等食品，贡嘎一一致谢，猛抬头，看见一中年妇女，手提奶桶，呆呆地望着自己。

妇女：“我这桶里有牛奶，不过是生的，不知阿觉（大哥）你能不能喝？”

贡嘎诙谐地说：“噢！可以，可以，我的嗓子是右旋白螺，只要是吃的都能咽下去，我的胃是神鹰的嗉子，吃了石头也能化得开！”边说边从小褡裢里掏出一个大木碗递了过去。

贡嘎端起牛奶贪婪地喝了起来。

妇女怜悯地说道：“天快黑了，阿觉你今晚住哪里呀？”

贡嘎：“天是被子，地是炕，现在是连不长毛的小鸟都能生存的季节，这好办，随便在哪里过一夜。”

妇女：“阿觉，我叫拉措，是村东头人家的侍女，你如果不嫌弃的话，我家主人的外院里有个柴火房，可以挡风避雨，可以住上一夜。”

贡嘎：“噢呀，噢呀，你真是个好心人，我会祈祷佛爷保佑你的。”

贡嘎跟随拉措离开。

夜晚。财主家外院，月色朦胧，一片宁静。

拉措提着一把茶壶，端着一盏小油灯，蹑手蹑脚地向柴火房走去。到门口，她犹豫了一下，轻轻将门推开。

贡嘎头枕“撒搭”，蜷缩在柴火堆上酣然入睡。拉措不忍心叫醒他，刚想返身回屋，不料差点被脚下柴火绊倒，贡嘎猛然惊醒，翻身坐起：

“拉措，有事吗？”

拉措：“阿觉，我看你今天嗓子都有些沙哑了，连口热饭都没吃上，给你送些茶水来。”

贡嘎高兴地说：“我是个吃百家饭、穿百家衣，从小四处漂泊，到处流浪的人，过惯了这种生活，不打紧。不过我还是真心地感谢你，你真是个心地善良的好人，我会祈祷菩萨保佑你长命百岁的。”

贡嘎从“撒搭”中拿出木碗，拉措给他斟上茶，他喝了几口，熟练地拌起炒面，香甜地吃起来。

拉措：“阿觉，你叫什么名字？家住哪里？家里还有人吗？”

贡嘎：“我叫贡嘎，家住在青海湖畔，我是个苦命人，你想知道我的身世吗？不过说起来话就长了……”

贡嘎长叹了一口气：“我小时候，家里很穷，不多的几只牛羊，一场雪灾，全死光了。第二年又是一场瘟疫，父母亲相继去世，我成了孤儿。幸好这时我们那儿来了一个唱折嘎的老艺人，是他收留了我，所以我也就跟他学唱折嘎，以后为他送了终。”

拉措：“这么说，你也是孤苦伶仃一个人，怪可怜的。”她沉默了一会说：“听说青海湖很大，很漂亮，是吗？”

贡嘎：“人常说，绕青海湖一圈，得走十八马站。关于青海湖，我的师傅给我讲过这样一个美丽的故事……”（出画面）

戈壁沙滩，骄阳似火，听不见鸟儿欢唱，看不见百花斗艳，一切生物在这里终止了生命，只有死一样的寂静。

远处有个黑点在逐渐变大，原来是个藏族青年背着一位双目失明的老人，气喘吁吁，艰难地跋涉。

走着走着，青年实在无法支持，倒了下去，背上的老人跌坐在地上。

青年口干舌燥，一个劲地喊着：“水、水……”

老人摸索着从肩上的“撒搭”里取出一个木碗和一把铜

茶壶，交给青年说："离这儿三里开外，有一块大磐石，下面整个是一块青石板，石板上有一小块裂缝，可以取下缝中石块，下面有泉水。你要记住，取完水，一定要照原样把石块盖好，千万记住。"

青年蹒跚地走着，突然发现一块芳草地，他加快脚步跑过去，果然发现有一块牦牛大小的青石头。他放下手中的铜壶木碗，急速地在磐石的背阴处用手扒开疏松的沙石，发现下面有一块石板，他用尽平生力气揭开石板，啊！一泓清澈见底的泉水，翻着带沙粒的泡沫，咕咕地流了出来，流经数步后，便又渗进了沙滩中。

青年像猎鹰扑食猎物那样，一头扎到泉眼上，贪婪地喝了起来，半晌他才缓缓地抬起头来，四下里望了望，用袖口擦了把嘴，拿过水壶，装满水，迈着坚实的步子往回走去。

走着走着，他想起老人的话来，不好，我怎么忘了盖石板呢！青年想返身回去，不料一声巨响，一道白浪冲天，大青石被掀起数丈高，青年吓得面如土色，他没命地跑到老人身旁，背起老人，向就近的一座石山跑去，他们身后，巨大的浪头已似翻江倒海之势奔腾着，咆哮着，追逐而来。老人在青年背上念动咒语，顷刻间，一座山峰凌空而下，飘落在泉眼处，顿时浪头退去，身后出现一片汪洋。

贡嘎："这就是青海湖和海心山的来历。"

拉措听得如痴如醉。猛然她不好意思地说："阿觉贡嘎，你劳累了一天，我不该再打扰你，天不早了，你睡吧。"

贡嘎："不要紧，白天我是布谷鸟，可以为大家唱折嘎，可晚上，我就成了猫头鹰，能熬夜的，你也睡吧。"

拉措的长工屋。

连炕的半截土墙上放着一盏油灯，若明若暗。拉措盖着自己的藏袍睡在炕上，腰带堆放在枕边。

她被贡嘎的身世及青海湖的传说深深地感染，辗转反侧，久久不能入睡。

外院通向里院的门“吱呀”一声被推开，一个黑影披着藏袍走出来，站到院角的茅厕旁小解。他看到拉措房内亮着灯，便走到窗下，戳破窗纸向里窥视。

在灯光的映照下，来人原来是财主家的大管家曲郎（意即公牛），他肥头大耳，一脸横肉。在油津津的扁平面部，一张厚厚的大嘴半张着，一双小眼睛此时眯成了一条缝。他欲火中烧，馋涎欲滴，喉结不停地上下滑动，发出吞咽唾液的咕咕声。

房内拉措已经进入梦乡，她那紫檀色的鹅蛋脸上，现出一副和善而又怯懦的表情。她一双秀目紧闭，端直的鼻梁，鼻翼在轻轻地抽动，薄薄的嘴唇半开，露出整齐而又洁白的牙齿。

由于睡眠前的翻腾，仰卧着的拉措，半边躯体裸露在藏袍外，少妇青春的魅力一览无遗，浑圆的肩膀，高耸的乳房，丰腴的臀部，修长的腿。

大管家在院内寻找到一根小木棍，轻轻地靠近门边，用木棍拨门栓，少时门被推开，他急不可耐，像恶鹰扑食似地扑向拉措。沉睡的拉措被大管家死死地压在身下，她一声惊叫，二人扭打起来。

拉措看清是大管家，哀告道：“大管家，请您自重，我只不过是个靠干活糊口的女佣人，死了丈夫不满周年的寡妇，不怕辱没了您的身份！如果传扬出去，你我都无脸见人，求求您！”

大管家曲郎气喘吁吁道："拉措，我在你窗前腿都站木了，你实在太可爱了，你就答应我这一次，我明天给你送几块大洋来，我可以发誓，再不，我一定给你买件漂亮衣服，反正你想要啥我都答应，今晚你就依了我吧！现在更深夜静，谁还能知道我俩的事！"

拉措被压得喘不上气来，她万般无奈，高声喊叫道："快来人哪，有贼呀！"

曲郎赶紧捂住了拉措的嘴，二人又打斗起来。

贡嘎被喊声惊醒，跑到门外，看到一间房内亮着灯，并有响动，急速地跑过去，看到屋内情景，已有明白了几分，他一把将曲郎拉起来按在地上。

贡嘎不认识大管家，他忿忿地说："哪儿来的一头骚驴，欺侮一个女人，算你的本事吗！"

大管家："你是从哪里冒出来的，深更半夜跑到这里干什么？噢，对了，这婊子原来和你私通！怪不得她……"

正在这时，另外几个男女佣人闻声赶来。

大管家气势汹汹地手指贡嘎和拉措："你们听着，最近我们家小姐的珊瑚丢了一串，厨房里的肉和面也经常丢，我留意了不少日子了，原来是这个母狗作祟，他们不但通奸，还偷东西，今晚被我抓到了，你们给我狠狠地打！不打他们是不会招认的。"

两个侍女站立不动，三个雇工在大管家煞有介事的威逼训斥下欲动手。

拉措被这突如其来的栽赃陷害，惊得目瞪口呆，张口结舌。

贡嘎对曲郎贼喊捉贼的拙劣表演，感到实在滑稽，又气又好笑地说："诸位且慢动手！"随即转向曲郎："这位老爷，请你不要装腔作势，嫁祸于人。常言道，自己莫做亏心事，阴间路上魂不惊。三宝可以作证，众乡亲有目共睹，我是个流浪四方、靠众乡亲施舍度日的艺人，更何况是今天下午才到的本地，人生地不熟，哪来的奸情?!哪来的偷窃?!”

曲郎：“我不知道也不想知道你是啥时候来的，但你要明白，你现在站在拉措的房子里，这就足以说明问题了。我看你是堆臭狗屎，就是用檀香水洗，也不会洗出香味来。”他转向几个雇工：“你们为什么还不动手，给我狠狠地打!”

迫于淫威，几个雇工一起拥上拳打脚踢，乱打一通。

拉措见此情景，猛扑上去，哭叫着护住贡嘎，不少拳脚落在拉措身上，她高声喊道：“你们不要冤枉人!他是好人!”她愤怒地手指曲郎：“你这畜生，骚牛，想强行奸辱我的正是你，而不是他!你却要倒打一耙，栽赃陷害好人，你还有人味吗……?!”

拉措泪流满面，气得说不出话来。

曲郎得意地说：“噢呀!既然他是好人，说说看，你是怎么知道的?该打的是他，你为什么要拼命护着?他挨打你心疼了吧!你这女人也真狠毒，是你俩偷嘴吃牛肉，却把牛尾插到我门上，好厉害，不打，你俩是不会招认的，都给我打!”

屋内哭骂声、喊叫声不断传出，乱成了一锅粥。

一洞破窑，四周断垣残壁，野草茂盛。

阳光明媚。一条小道直通窑口，小道上斑斑血迹，清晰可辨。

窑内，贡嘎躺在地上，藏袍被撕裂，满脸伤痕，奄奄一息，牛角胡紧紧地抱在胸前。

循着血迹而来的几只野狗，发现躺在窑内的贡嘎，在窑门口狂吠不止。

大院烟雾腾腾的灶房。

灶火内吐着红红的火舌，锅上的大蒸笼冒着蒸汽。

鼻青脸肿的拉措，抱着一摞碗碟，迈着艰难的步子，蹲在地上，在一个大盆内洗刷。

几个女佣人，凑在一起，用嘲笑地目光看着拉措，指手画脚，窃窃私语。

一户人家，数间上房。荆棘围成院墙，院中立着一杆经幡，经幡前有座涂着白灰、十分醒目的桑台。

一位慈眉善目的老妇人，嘴唇不停地翕动，念诵着六字真言。她手中的火钳夹着两块牛粪火，放到桑台上，随即拿出桑袋，将青稞面及酥油、巴鲁草揉成的煨桑物放到火堆上，顿时青烟缭绕，香气四溢。她返身回屋，端来一碗清水，手拿柏枝，蘸上水向桑堆洒了三次，而后虔诚地趴倒在桑台前叩头。

老妇人叩完头刚要回屋时，忽然听到狗的异样狂吠。她快步走出柴门，看到不远处的群狗，一边呵斥，一边向土窑走去。

老妇人发现贡嘎，露出吃惊而又怜悯的神态。

老妇人屋内。

贡嘎平躺在炕上。一苯教老藏医神情严肃地为贡嘎把脉，半晌他才放开手。

老妇人："他伤的怎么样？能治好吗？"

老藏医长长地出了口气："还好，看来外伤重，其他没有大的毛病。这可怜的人，昨天还活蹦乱跳地演唱折嘎，今天落到了这种地步。俗话说，乌鸦嘴里不会叨珍珠，门狗嘴里不会长螺牙。曲郎这个人一肚子坏水，造了不少孽，老天不会放过他，他会得到报应的！”

老妇人：“我佛有眼，看来他保住了一条命。唉！嘴再大也在鼻子之下，水再大也在木桥之下。有钱人家我们能惹得起吗?!”她提起灶门口的铜茶壶，为老藏医倒了一碗茶，送到老藏医手中。

老藏医坐在炕沿上，接过茶喝了一口：“桑姆，我看先给他灌点茶，如果有麝香，那就再好不过了。因为麝香能化瘀止疼。”

桑姆：“前几年有个猎人在我家住过几天，临走时给了我一点麝香，我找找看。”她拿过一个擦得油光锃亮的小木匣子，在里面翻腾了半天，终于找到了一个包了又包的小纸包，打开来让医生看。

老藏医接过纸包，嗅了嗅，说：“是麝香，劲还蛮大的。不过最好用肉汤作药引子。我家女婿今天打了只岩羊，我去拿点肉来。”边说边走出门去。

长工屋。

油灯半明半暗，拉措面壁蹲在地上，双手合十默祷。

墙上挂着一帧经年烟熏火燎、模糊不清的唐卡佛像，边沿上围着一条落尘颇多，已辨不出颜色的哈达。

拉措祈祷毕，吹灭油灯，和衣躺在炕上。贡嘎那滑稽幽默的演唱、她倒牛奶时伸过来的木碗、在柴房内诉说身世、惨遭毒打等情景一幕幕浮现在眼前。她无法入眠，翻身下地，轻轻拉开门，走了出去。

拉措迈着蹒跚的步履，在牛圈内、土崖下、破窑前四处寻找贡嘎。

曲郎披着衣服，溜出中门，径直奔向拉措的长工屋。他看到门半掩着，喜出望外，进门向炕上扑去，不见拉措在房里，低声骂了几句，悻悻返回。

桑姆屋内。

灶内柴火熏人，锅内蒸汽升腾，香气四溢。

桑姆揭开锅盖，锅里煮的是鲜嫩的岩羊肉。她从藏式壁橱里拿过一只龙碗，舀了一碗肉汤，放到分隔锅灶与土炕的半截木板墙沿上，随即取来麝香。

贡嘎已经苏醒，他眼含热泪，感激地望着桑姆老人忙碌。

桑姆："孩子，你吃苦头了，现今这个世道是恶人当道，有理没处说，我们只有祈祷神灵护佑，只要老天爷有眼，恶人总会得到报应的。这点麝香你把它吃下去，不过不要挨到牙上，要放到舌上咽，要不然会损坏牙齿。"

贡嘎支撑起上半身，用微微颤抖的手接过碗，张口吐舌，桑姆将小纸包内的麝香倒在贡嘎的舌头上，贡嘎喝了口肉汤，咽了下去。

桑姆又从锅里捞了几块肉，拿来一块锟锅馍，贡嘎香甜地吃着，精神顿时振作起来。

贡嘎由衷地说："谢谢阿妈救了我。"

桑姆："蝼蚁尚且惜命，何况是人，换了你，你也会这样做的，不说了。"看到贡嘎脸由灰白变得红润起来，她高兴地说："孩子，我看过你的演唱，你唱得真好，等你好些了，给阿妈唱唱，好吗？"

贡嘎："我一定给阿妈好好唱一唱。"

桑姆：“不过现在我想听听曲郎他为什么把你打成这个样子？”

贡嘎长叹了一口气，说道：“阿妈，我也不知道是怎么一回事，昨晚我住在拉措主人干活家的柴火房里，半夜听到有人呼喊，是拉措的声音，我跑去就被管家指使人不分青红皂白地打了一顿，说我居心不良，还偷了什么东西！”

桑姆：“噢！我知道了，这一定是那个管家曲郎拿你出气，这个人一肚子坏水，这个恶棍，真狠毒！”

贡嘎：“阿妈，家里就您一个人吗？”

桑姆：“我还有儿子、儿媳妇，他们都住在牧场上，在大山里替别人放牧牛羊，过十天半月才回来一次看看我，再顺便拿些吃的去，估计这两天也该回来了，不过你放心养伤，等好透了再走。”

贡嘎再次感受到母爱，他热泪盈眶。

月光下，拉措信步走到了桑姆老人家的篱笆院墙外，她看到屋里还亮着灯，便轻轻推开柴门，向窗口走去，忽然听到屋内有说话声，便停住脚步。

桑姆：“提起拉措这孩子，真是个苦命人。她父母亲原来也是替别人干活的，几年前的一场瘟疫，我们村里死了不少人，她父母也去世了，只剩下她孤苦伶仃一个人。后来她给这家财主当佣人，和一个牧工成了亲，一场暴雨造成的山洪冲走了不少羊，他为了捞羊，自己也被洪水卷走了，连尸体都没有找到。拉措为了作佛事，让丈夫的灵魂早升天界，借了财主家几十块大洋，恐怕不干几年活，账是还不清的。”

贡嘎：“拉措真可怜。”

屋外，拉措已泪流满面，忽然听到贡嘎的声音，她喜出望外，急步上前敲门。

桑姆老人开门后惊愕地说："是你，拉措。"

拉措哭着扑向贡嘎："阿觉贡嘎，是我连累了你！"

夕阳西下，牛羊归圈，家家烟囱里冒着白烟。

桑姆家院内，贡嘎正在抡斧劈柴。

桑姆："贡嘎，行了，你刚好，不要累坏了身子，省点劲，今晚好给阿妈唱折嘎。"

贡嘎："阿妈桑姆，你看我壮得像头牛，这几天光吃不干活，倒感觉浑身不舒服。"说着继续劈柴火。

老藏医走进院内，看见贡嘎："这年轻人恢复起来真快！"

桑姆："曼巴请屋里坐，我捎话请您来，是想让贡嘎为我们演唱折嘎。"

不一会儿，左邻右舍，男女老少，挤了一屋子，贡嘎手拿牛角胡，站在灶门口，笑嘻嘻地道："为了感谢我的恩人阿妈桑姆、曼巴，我今晚为众位乡亲唱一唱祝愿的折嘎。"

贡嘎拉起牛角胡唱道：

呀！
今天这金色的太阳，
今晚这璀璨的星光，
今天是黄道吉日，
今晚是吉祥的时光，
这屋里充满了瑞气吉祥。

在南赡部洲的中央，

有雪域藏人的家乡，
在酥油鎏金的地方，
众兄弟姐妹共聚一堂，
在这众父老济济的中央，
流浪艺人我要将你们赞扬！

哦！请听我演唱，
我是艺人到处说唱，
浪迹天涯奔走四方，
上，我去过印度的庙宇佛堂，
下，我去过汉地的衙门班房。
广见博闻无所不详，
无事不知绝非夸张，
句句在理绝不打诳。
哈哈哈，嗬嗒嗬，哈哈哈，
祈祷神灵不朽辉煌，
为三宝（即佛、法、僧）祈祷吉祥。

我今晨来自何方？
从东方金刚佛处带来吉祥，
我的身影伴随着太阳，
我今晚要去何方？
离开此地奔向西方，
路遥遥走向西方边疆……

长工屋。

拉措没有点灯，她在黑暗中上好门闩，走到炕边，从怀中取出一把不带刀鞘的五寸藏刀，思忖片刻，压在枕头底下，宽衣解带，躺到炕上，沉沉睡去。

桑姆家。

贡嘎继续唱道：

我要去聆听深奥的佛理道纲，
去朝拜塑有佛陀的金像，
去向珊瑚碧玉生长的地方，
去向金色钹锣敲响的地方，
去向银色佛塔屹立的地方。

现在我将拉萨颂扬，
圣地拉萨到处是庙宇佛堂，
拉萨的神龛是何模样？
大昭寺的金佛放射光芒！

不是兜率天界甘丹寺却金碧辉煌，
甘丹寺坐落在三山之上，
甘丹的神龛是何模样？
碧玉度母熠熠闪光！

不是冰雹垒成了色拉寺墙，
色拉寺坐落在冰雹般的石山之上，
色拉的神龛是何模样？
珊瑚雕成了马头金刚！

不是理想之地却建起桑耶寺堂，
桑耶寺坐落在雅鲁江水之旁，
桑耶的神龛是何模样？
洁白的海螺供奉在佛堂！

不朽，不朽，神灵不朽辉煌，
为三宝神灵祈祷吉祥！
上界仙境的众神万寿无疆，
下界大海的龙王平安吉祥！
……

长工屋。

曲郎又一次拨开门闩，钻进屋内，他贼头贼脑地走到炕沿边，凭借着屋外月光的反射，像一头凶猛的野兽戏耍即将被吞食的猎物一样，欣赏着拉措安详的睡姿……

桑姆屋内。

贡嘎继续唱道：

我祝愿众乡亲福寿绵长，
心想事成如意吉祥！
流浪艺人我将奔赴他乡，
临行我将祈祷并诉衷肠。

祝马厩中骏马洒脱洋洋，
祝牛厩中牦牛膘肥体壮，
祝羊圈中绵羊聚集欢唱，

祝圣地丰衣足食佛教弘扬，
祝内地繁花似锦日益富强，
祝雪域酥油堆山宁静安详，
祝僧侣百姓如意安康，
愿骏马鬃尾飘逸驰骋牧场，
愿牦牛犄角坚硬如铁似钢，
愿羊群洁白如银尽情欢唱！
……

长工屋。

曲郎脱去藏袍，轻轻地放到炕头，赤身爬到炕上，一只手紧紧地捂住拉措的嘴，另一只手掀开拉措的藏袍，将拉措死死地压在身下。

拉措被这突如其来的袭击吓蒙了，她想喊又喊不出，便奋力挣扎，二人扭作一团。

桑姆屋内。

贡嘎继续唱道：

贡嘎诺布我将去他乡，
感谢众乡亲关照一场，
我祝愿众父老：
　　白日吉祥，
　　黑夜安康！
我祝愿众父老：
　　五谷丰登，
　　牛羊肥壮，

永世吉祥！

演唱毕，众人说笑着，嬉闹着，陆续散去。

贡嘎拉着老藏医的手，热情地说：“明天我就要走了，但无论走到哪里，我都会想您的，阿叩曼巴，我谢谢您。”

老藏医：“不要谢我，孩子，多亏了阿妈桑姆，你才捡了一条命！年轻人，你要记住，世上还是好人多，但对坏人也不能不防，我祝你一路平安。”

贡嘎送老藏医走出柴门。

长工屋内。

曲郎、拉措仍在翻滚厮打，气喘吁吁。

拉措渐渐支持不住，她万般无奈，腾出右手，从枕下摸出藏刀，向曲郎的左肋下刺去。

曲郎一声嚎叫，肥大的身躯滚落到土炕下。

拉措急忙爬起，顾不上穿好藏袍，喘着粗气，抓起枕边的腰带，跳下炕来，顺手提起藏靴，赤着脚跑出大门。

曲郎在地上呻吟着。

贡嘎在整理道具，见拉措满脸惊慌跑进门来。

拉措看到桑姆阿妈为贡嘎收拾行装，便一头扎到桑姆怀里，哭泣着说：“阿妈桑姆，曲郎欺辱我，我实在无法脱身，捅了他一刀！”

桑姆阿妈先是一震，随之镇静地问道：“他死了吗？”

拉措：“不知道。”

桑姆：“不要哭，我的好女儿，曲郎他活该，这是他作恶多端的报应！”

桑姆老人思虑片刻，果断地说："贡嘎你过来，听阿妈说，你们两个都是苦命人，而且也很般配，如果你俩同意，今晚就在我面前结成夫妻。为了逃出魔掌，今晚趁着月色，远走他乡，逃命去吧！"

贡嘎："我是个流浪艺人，四处漂泊，拉措要是跟着我……"

拉措停止哭泣："只要阿觉贡嘎不嫌弃，我不怕吃苦。"

桑姆急促地说："那好，你们得尽快离开这个地方，明天早上你们可以走到德钦部落，这样曲郎就是有天大的本事，也奈何不了你们。"

桑姆拿过两条褪了色的哈达，郑重地搭到二人的脖子上。

贡嘎、拉措在佛龛前叩了三个头，又面向桑姆阿妈叩拜。

桑姆："我祝愿你们长命百岁，生活幸福。"

贡嘎背起道具，拉措肩搭"撒搭"，桑姆将二人送出柴门。

阿妈桑姆按藏族最亲近的礼节，在贡嘎的额头、拉措的面颊亲吻了一下，挥手示意他们快走。

桑姆站在门口，看着二人远去的背影消失在洁白的月光中。

清晨。

晴空万里，朝霞满天，一轮红日，喷薄欲出。

左边原始森林，古木参天，遮天蔽日；右边是无垠的草原，绿草苗苗，百花争奇斗艳。

一泓清泉，流水潺潺，四周是一片水草地。勤劳的蜜蜂在花间飞舞，早起的百灵在枝头欢唱。

清泉旁，拉措紧紧依偎在贡嘎的怀中，旁边堆放着行装。

二人满含热泪，脸上挂着幸福的微笑。

贡嘎爱抚着拉措的头发："我们总算逃出了虎口，现在不用怕了，你舀水支锅，我去捡些柴火来，今天我还要为我心爱的妻子，为我自己，尽情地唱支歌。"

贡嘎走进森林，不一会儿，捡来不少干树枝。拉措已在三叉石上支起铜锅。贡嘎拿出藏式火镰、火石，几经撞击，取出火种，锅底燃起火苗。

拉措迈着轻盈的步子，走进森林，半晌，提着前襟走来，贡嘎迎上前去，从拉措手中接过鲜艳的花束。

拉措走近锅旁，张开衣襟，将采拾的灿灿的蘑菇、红艳艳的山果、草莓等倒在地上。

拉措满面春风地倒茶，摆放食物。

贡嘎拿过木棍，在棍梢系着一条洁白的哈达。他喜气洋洋，面对拉措说："以往我为了求得别人的施舍，压着惆怅，强作欢颜歌唱，而今天，我要为我心爱的伴侣欢唱，拉措，你听着"，他挥舞着棍子，足系脚铃，左蹦右跳，欢快地唱道：

今天这欢乐吉祥的日子，
今天这瑞气荡漾的地方，
贡嘎我为爱妻唱一支风趣的歌，
祝我们终生幸福欢畅。

我手持一杆棍杖，
是莲花枝杆生长茁壮，
是佛陀神仙的施法禅杖，
是汉家皇上的国法宝杖，
誉类之词大加赞扬，

美言词句尽情说唱。

我手持一杆棍杖，
伴随我俩流浪四方，
是力杖可将野狗驯养，
是魔棍驱赶魍魉。

我手持一杆棍杖，
棍头棍尾是黑色檀香，
铁梨木夹在中央，
背上它如同一杆猎枪，
不用火药即可射响；
它如同嘶鸣的骏马，
跨上它可驰骋疆场。

贡嘎放下木棍，拿起一面手鼓，继续唱着，做着滑稽的动作，逗拉措发笑：

我不是一只黄色水鸟四处游荡，
可我游弋千湖万泊在水一方，
一路展翅一路欢唱，
如若不信歌声就在你耳旁：
阿旺，阿旺，阿旺！

我不是一只黑色神鸦四处闲逛，
可我飞跃千山万壑奔走他乡，
一路欢唱一路翱翔，

如若不信歌声就在你耳旁：
咕隆隆，咕隆隆，咕隆隆！

我不是一只报春的布谷来自远方，
可我穿越千村万园报送吉祥，
一路报春一路欢唱，
如若不信歌声就在你耳旁：
咯咕，咯咕，咯咕！

贡嘎兴致勃勃地还要演唱，拉措笑得前仰后合，心疼地抓住贡嘎的手，拉他坐下，将热茶捧到手上："赶了一夜的路，你太累了，先吃点东西吧。"

贡嘎被拉措的温柔、体贴以及从未体验过的家庭温馨所感染，幸福的脸上再次涌出泪花。

湛蓝的天空，和煦的阳光。贡嘎、拉措远去的背影。

1996年11月，由青海电视台录制成电视剧播出；
1997年6月，由青海人民广播电台藏语部翻译
并制作成广播剧播出。

孤　堡（三集电视文学剧本）

皑皑雪山

辽阔草原

波涛起伏的青海湖

古老寺院的建筑群

喇嘛们在诵经

华周和人们在叩拜

叠印字幕（画外音）：

1949 年 8 月，中国人民解放军第一野战军在彭德怀司令员的指挥下，挥师西进，一举解放了青海省西宁市。

草原。

一声爆炸，硝烟漫天。

一面红旗猎猎飘动。战马嘶鸣，马蹄声碎。

武工队张队长和队员们骑在马上。

千军万马进军青海。

峡谷。

山势险峻，崎岖陡峭。黄河浊浪翻滚，穿谷而过。枪声在山谷中回荡。

三名逃匪紧贴马背，飞驰而来，惊恐地不时回头张望。我十余名武工队队员紧追不舍。三名逃匪翻过山嘴，其中一个大胡子突然跳下马来，命令两个匪兵："你们朝前跑。"自己却飞快钻入灌木丛中。

枪声不断，武工队员紧紧追赶着三名逃匪。一名武工队队员受伤，从战马上摔下来。一名武工队队员停下战马，举枪射击，匪兵落马，另一匪兵下马投降。

"张队长，一人不见了。"武工队队员报告。

张队长审问俘虏："你叫什么？跑掉的是什么人？"

俘虏："报告长官，我叫纳进璋，是师部传令兵，刚才逃跑的是骑兵二六四师师长冶彪。"

张队长"呵"了一声，随即指示："小刘、二旦，押俘虏回营，其余的同志继续搜。"

武工队员都翻身上马。

武工队队员们的马群在峡谷中飞驰。

推出剧名：孤堡

上　集

一

玛域庄。

渠水潺潺，环绕村庄，林木茂密，果实累累。

华旦身穿新藏服，手持铜锣，边敲边喊："华周老爷家新府落成，今天是乔迁之喜，贺喜的快去啊！”

林荫中，显出一大郭庄，四角上设有暗堡。雕梁画栋，气势雄伟。

门前小广场上，一队青年在跳龙鼓舞，边跳边唱。

围观的人群，衣衫褴褛，有的蓬头垢面，有的赤脚，有的半裸上身……

男青年对身旁的中年人说：“听华旦管家说，这次支的乌拉、差役都不算数，我才不干呢。”

中年人拉男青年一把，两人挤出人群，来到大树下，坐了下来。中年人从怀中取出牛角鼻烟，吸了一口说：“不敢多话，你阿爸不是为了抗税才被打断一条腿，谁让我们是黑头凡人啊。”

喧闹的人群突然静下来。

男群众甲乙同时扭头望去。

华旦出大门：“老爷来了。”

华周千户在几个侍从的簇拥下，走出大门，跟在身后的是多尔吉和扎西措。华周微笑开口道：“今天是我华周喜庆的日子，承蒙父老乡亲捧场，我谢谢大家。”多尔吉得意地笑了。

华周：“管家，凡参加龙鼓队的，每人赏大洋一块。”

华旦：“哑啦。”

华周：“乡亲们，大家继续跳吧，跳个痛快。”

人们又跳起了欢乐的龙鼓舞。

二

千户府的小花园内。

侍女分别给华周、扎西措、多尔吉倒奶茶。

扎西措满面愁容："咱们的花木措还在西宁上学，她要落到共产党手中，可就没命了，赶快派人接她回来吧。"

华周："多尔吉，你是她的舅舅，你去西宁接她。现在就动身。"

多尔吉："请大哥放心，三天之内，保证让你们见上花木措。"

多尔吉起身道别。

三

军政长官会客厅，内间连接机要室，里面传来"嘀嘀嗒嗒"的声音。客厅正中挂着蒋介石书法和肖像，"山锐则不高，水径则不深"。

冶彪进来。

冶彪合掌："哈高参，我平安回来了。"

哈高参肩扛中将军衔，他对冶彪十分亲切，连声让座。

哈高参略有所思："彭德怀不好惹，狗娃山一战，我们损了兵，折了将，主力全搭进去了……"

哈高参站起来："马长官走时让我转告你，留下来，到草原上去，和头人、千户、活佛联合起来，趁共产党立脚未稳，把他们赶出青海高原。"

"请高参转告马长官，我冶彪决不辜负他的栽培。"

马翠翠在内室偷听。

哈高参："请出来吧，马小姐。"

马翠翠微笑地走出。

哈高参："经费由马小姐护送，你们分期分批进入玛域。"

冶彪和马翠翠频频点头。

四

晚上，在湟源一个小客栈里。

一间客房里透出了光亮。

墙头上，闪动着一个以袈裟掩口的脑袋，向房里窥探。人影从墙而下，轻轻敲门。

“谁!”房内声音。

“你忠诚的朋友。”人影回答。

门开一条缝，人影一闪而入。

“怎么？你不认识我了。”

“啊，是冶师长，噢哑。”

“不，如今我是阿卡洛桑茨程加措了。”

“你没有跟马长官一起飞重庆?”

“日妈妈的，从祁连下来后，他已飞走，留下口信，令我到玛域落户，今后得靠你了。”

“这个时候，恐怕没人敢收留你吧!”

“怎么了，你忘了马长官的恩德了，你在西宁马坊开的皮毛厂转移了吧?”

“我又不是草原上的驴，不至于那么愚。”

“有你这个大千户的小舅子在，何愁在玛域落户呢?”

多尔吉：“好吧，你晚我两天进玛域。”

五

清晨，湟源小客栈院内。

一匹青马，一匹枣骝马，一匹膘马，个个膘肥体大，油光闪亮，鞍辔俱全，拴在马圈外。

多尔吉和侍女拉雅正在备马。

客房内，韩禄：“这三匹马真好，抢过来吧。”

马翠翠：“不行，不了解情况。”她说完出门。

花木措也从另一间客房走出。

马翠翠：“这是谁的马？”

花木措：“我的。”

马翠翠上下打量：“你有这么好的马？”

多尔吉：“小姐，别说三匹，一千匹也有。”

马翠翠：“这么说你是玛域华周大千户的宝贝千金了。”

花木措：“那怎么啦？”

马翠翠：“你的漂亮真叫人羡慕，我从屋里出来，就是来欣赏你的尊容，真是一朵雪莲花。怎么样？咱们拜个干姊妹吧？”

花木措：“不合适，阿爸不知道。”

马翠翠：“咱们认识了，我送你一样东西。”说着从手腕上摘下表：“瑞士金表。”拉起花木措的手戴上。

花木措：“我也送你一样礼物。”

说着摘下金戒指递给马翠翠。

六

碑牌上镌刻有“日月山”三字。

山的东麓是金黄色的油菜田，西麓是绿油油的草原。

多尔吉、花木措、拉雅骑马来到山顶上。

花木措上衣着美式鹿皮夹克衫，下身穿藏青色上等毛料裤，脚蹬黑色马靴，走在中间。她闪动着山泉般清澈明亮的大眼，赞叹道："语文书上写着，唐朝有个文成公主来到这座山时，丢掉宝镜，表示永远不想家了，真是个勇敢的女性……"

多尔吉："花木措，你阿爸阿妈可想你了。现在正在战乱，不宜在此久留。"

花木措固执地说："不嘛，照个相再走。"说着把照相机交给多尔吉："给我和拉雅合个影，拉雅你要笑，懂吗?"

拉雅："是，小姐。"

多尔吉无可奈何，"我不会摆弄这个东西。"

花木措发出银铃般的笑声："舅舅，将来您到西宁学去吧，现在您按快门就行了。"

照完相，三人上马。

七

下午，倒淌河河畔小客栈的客房内。

马翠翠："花木措是华周的独生女，是他的掌上明珠，对我们很有用。"

冶彪："你负责让几个兄弟扮成解放军，吓唬她一下，千万别伤了她。"

韩禄："您放心吧。"

八

倒淌河河畔一个民族杂居地市场。

冶彪身披袈裟，直奔藏族的卖马场，挑来选去，终于选中了两匹上乘好马。

他用藏语和马的主人做交易，刚要从怀中掏钱……

突然，远处有两匹马飞驰而来。马上一身体剽悍，鼻子、嘴巴棱角分明的年轻人迅速跳下马，顾不上擦汗，大声喊叫着："谁买我的马？"

冶彪颇有兴趣地迎了上去，上下打量着两匹高架大马。他发现马屁股上打着火印，便怀疑地说："马是你的？"

年轻人："兵营的人都跑了，我挑了两匹好马。"

冶彪放心了，和小伙儿谈起生意。

冶彪从怀中掏出一小袋银元，递给小伙儿。

年轻人数着银元咧嘴笑了。

九

咆哮的黄河。

年轻人直奔岸边。在河边一块低洼的沙堆里，他迅速脱去皮袄，披在身上。

他从包里拿出了一个油津津的羊皮袋，脱去衣裤，装进皮袋，双手抓住皮袋口，一张一弛地用嘴吹气，皮袋渐渐吹胀起来，又将口子扎紧，用手在皮袋上压了压，光身跃入黄河。

十

夕阳的余晖透过原始森林，映衬着小溪边的小柞树丛。

花木措、多尔吉、拉雅骑马走了过来。

多尔吉："花木措，咱们加快赶路吧！"

花木措："怕什么！这森林是我家的。"

一句话噎得多尔吉不吭声了。

十一

暮色暗沉下来，森林变得晦暗和阴森。

花木措一行走在林间的小路上。

前面的森林中窜出几个人，其中一个大喊："停下。"

花木措吓得从高傲的贵族千金，一下变成了可怜的小羊羔。

多尔吉："花木措，别害怕，有舅舅在。"

多尔吉："你们是什么人？"

对方："日妈妈的，我们是解放军。"

多尔吉："告诉你们，我们是华周千户的家人，如果你们胡作非为，日后小心宰了你们。"

几个身穿解放军军服的人围上来。

其中一人："呵，两个小娘们。"

另一个人："从西宁出来后，几天都没过瘾了。"说着伸手摸花木措的脸蛋。几人上前把三人拉下马来。

一个头戴藏帽的人闪在一棵大树后面，"叭"的一声打倒一人。"叭"一声枪响，又放倒一人。剩下的人拔腿往森林中跑去。

花木措清醒过来："救命恩人，你过来。"

拉雅从地上爬起来："恩人，你出来吧。"

多尔吉也喊："咱们认识一下，日后必有重赏。"

森林中一片寂静，杳无回声。

花木措摘下护身金佛："恩人，你不愿见我，我送你护身金佛像。"

说完，摘下金佛项链，挂在树杈上。

十二

崖壁秃峭，深山峡谷里，一片荒凉。

几名商人，赶着十数匹驮马、驮骡，上驮绸缎、氆氇、布匹等货物。

马翠翠和韩禄跨马跃进山谷，二十几名匪徒尾随。马翠翠："韩营长，把前面那几个商人收拾了，咱们的礼品不就更多了。"

马、韩下马，将马牵入森林。

韩禄指挥，几名匪徒又窜出森林，向商队开枪。

几名商人被击毙，剩下的三人拼命往森林里逃去。

十三

千户府客厅。

华周夫妇及华旦管家正在静听多尔吉的述说，花木措和拉雅也坐在一旁。女侍们应前忙后。

多尔吉："我们走在森林的路上时，天色已黑，突然从森林里跑出几个解放军官兵，企图污辱花木措……"

华周愠怒："看清楚了没有？是不是解放军？"

多尔吉："你可以问花木措。"

华周正视花木措。

花木措："阿爸，我看得清清楚楚，穿的衣服上写的是解放军。"

华周又看拉雅。

拉雅："老爷，我在西宁时，跟小姐学过汉字，就是写着解放军几个字。”

华周：“解放军欺负到我华周头上了。好，咱们加紧修建碉堡，准备发放布施，在解放军到来之前，玛域地区戒严，让他们进不来。”

千户府客厅。

花木措和她的阿妈正在翻阅美国画报。

扎西措：“这楼房比咱们的千户府还漂亮。”

已变成了阿卡洛桑的冶彪和多尔吉正在喝奶茶，华周、华旦进厅。

他们互相施礼。

冶彪自我介绍：“我叫洛桑茨程加措，是塔尔寺的喇嘛，那儿已经被共军全部占领，寺院被烧毁，请千户高抬贵手，容贫僧在此地暂住数月，念念平安经，以便避祸消灾。”

花木措：“我在西宁，怎么不知道塔尔寺被烧毁？”

冶彪：“共军是先烧塔尔寺，再从湟中打进西宁的。”他又朝华周千户继续说：“他们烧灼喇嘛，像草原上的瘟疫一样，太可怕了，幸我逃出。”

他又从怀中捧出一鼎纯金佛像，献给华周，口诵：“愿佛王保佑您平安如意，万寿无疆！”

华周：“谢谢你对我的祝福。”

多尔吉指着冶彪：“大哥，塔尔寺被共军糟蹋得惨不忍睹，何不让洛桑先在玛域寺院为我们嗪经禳灾呢？”

华周：“不知高僧意向如何？”

冶彪：“出家人以慈悲为怀，嗡嘛呢叭咪吽。”

花木措：“阿爸，怪可怜的，留下他在玛域念经吧。”

十四

广袤的牧场。夕阳把草原染得绯红……

青年牧民在放牧。山坡上，走下那位卖马小伙儿。牧羊犬突然狂吠，左窜右跳，扑向来人。

十五

青年牧民赶到："你是干什么的?"

小伙儿："谢谢你，好心的人。我是东巴部落的，出来贩牛，迷了路，饿了一天。"

牧民："你跟我来。"

十六

晨曦，阳光透过树木，洒向大地。

树干上，拴着几头奶牛。侍女拉雅哼着挤奶曲在忙碌着。

桑布匆匆出现在拉雅身后，低声说了些什么，她羞怯地低下了头。

桑布四周打量，见无人，从怀中抽出一条新腰带，塞到拉雅手中，又匆匆离去。花木措"嘻嘻"笑着走来："拉雅，我看看桑布送给你什么好东西。"

拉雅不好意思地躲藏。

花木措碰倒奶桶，牛奶洒了一地。

十七

千户府客厅内。

华周家族的人及冶彪在静听华周训话。

华周："从今天起，玛域八庄实行戒严，各哨卡检查过路行人，发现可疑的人，押回府来。华旦，这件事由你负责，漏掉坏人，拿你是问。"

华旦："哑啦。"

十八

清晨，草原上一片翠绿色。

山洼处扎着一顶帐篷，旁边矗立着经幡。

帐篷外，老人摇动着嘛呢轮，指着卖牛人对青年牧民说："哇洛，你帮桑代把牛赶到集市去，别忘了，顺便买些茯茶和盐巴。"

哇洛："忘不了。"

桑代施礼："谢谢好心的阿爸。"

二人乘上马，赶着十几头牦牛上路了。

十九

夜色朦胧。

玛域寺院的红墙外。

马翠翠和韩禄马队到来。

冶彪闪出："你们赶快到千户府去。"

韩禄："那武器弹药呢?"

冶彪："先把马队带到峡谷里，明天夜里再行动。"

二十

哇洛和桑代赶着牦牛走出一条窄路，突然，窄路转弯处，闪出几匹马。为首的一个黑脸胖子喊道："干什么的?"

桑代："我俩到集市去贩牛。"

黑脸大汉："胡说八道，是去献给共产党的吧。"

桑代："共产党是什么意思?"

黑脸大汉："装什么糊涂，来呀，把他捆起来。"

哇洛胆怯，很快被制服。桑代拉开架势，猛踢黑脸大汉。但终抵不过黑脸大汉和几个匪徒，被捆起来。

哇洛和桑代同时被抬到两头牦牛背上。

二十一

千户府客厅。

华周和冶彪上座。一侧坐着韩禄和马翠翠，一侧坐着扎西措和花木措、多尔吉。

拉雅和其他侍女忙前忙后。

华旦管家进厅，走到华周千户面前低语："外面有朗仑加洛要晋见老爷。"

画外音："华周大哥!"

黑脸大汉入画："知道你最近操办迁居喜事，特来向你道贺。顺便给你带来两个奸细。"他把上等珍贵毛皮献上，回头挥手。

四名匪徒把被捆绑的桑代、哇洛抬进大厅。

周华不屑一顾地："把他们两个先打入地牢。"

匪徒们把桑代、哇洛抬下。

马翠翠娇声娇气地说："千户大人，听说贵府千金能歌善舞，堪称玛域一绝。请出来，给我们开开眼界吧。"

华周朝扎西措点头，又看着花木措微笑。

花木措大大方方地起来，迈着轻盈的步子，走到客厅中间，跳起了"美式"探戈，把家宴推向了高潮。

二十二

千户府的小厢房内。

华周："这个年轻人来历不明，就样子看来，倒是我们藏族人。"

冶彪："困难当头对任何人也不能轻易相信，千万不可上当……这个……"

华周："请不必吞吞吐吐，快说。"

冶彪："让加洛审讯哇洛，哇洛可能知道他的底细。"

冶彪又和华周低声耳语。

二十三

千户府小后院的一间地牢里。

夜深人静。加洛醉醺醺的，叉着双腿，手执皮鞭。

加洛："哇洛，你说那个叫桑代的是不是共产党？你说实话，我立即放你回家。"

哇洛躺在地上，双臂被反绑着。

哇洛："我不知道……"

加洛："你说了实话，我再送你二十头牦牛。"

哇洛："看起来不像共产党。"

加洛："你敢嘴硬。"抽鞭便打。

二十四

千户华周的卧室内。

银灯闪亮。

扎西措、花木措和马翠翠正在亲切地交谈。

马翠翠："这是美国拉菲尔钻石戒指，能换五十匹好马。"

扎西措惶惑不解地瞪着双眼听着。

马翠翠又从脖子上解下金项链："这叫比格勒金项链，是法国货，能买一百亩草山，我都献给您。"

扎西措收下。

华旦推门进来说："花木措，老爷有请。"

华旦和花木措出卧室门。

二十五

千户府外院的长工房。一盏青油灯熠熠放光。拉雅解下腰带，准备上炕。她将腰带放在炕头上，深思着，脸上泛起了红晕。桑布进门，灯被吹灭。

二十六

千户府一间厢房内，一盏银灯若明若暗。马翠翠正在打扮着，“这儿的夜生活可真像原始森林一样原始。”

韩禄：“我们要尽快取得千户的信任。否则，华周不会让我们在这儿久留。”

马翠翠：“咳，黄鹰落架不如鸡，虎落平川被狗欺呀！”

韩禄走过来：“那怎么办？你给咱出个主意。”

他去摸马翠翠的手，马打了他一下，说：“规矩点！”

传来轻轻的敲门声。

马翠翠开门。

冶彪推门而入，马、韩敬军礼。

冶彪示意他俩坐下：“在这儿，披袈裟要比国民党少将军服厉害得多。”

冶彪看表。

二十七

千户华周卧室。

华周：“花木措，你是我们唯一的孩子，将来我的草原、森林、牛羊财产都是你的，为了玛域的安全，你要多长几个心眼。”

花木措：“阿爸，依我之见，加洛也不是好东西，即使共产党不吃我们，他翅膀硬了也要吃我们。”

华周：“孩子，你长大了，到底在西宁上学，有见识。”

花木措：“阿爸，让加洛和那个年轻人斗斗，如果加洛赢了，并不伤我们一根毫毛；如果年轻人赢了，顺便灭了加洛的威风。”

华周：“把年轻人再赶出玛域，两全其美。”

花木措：“不，阿爸，年轻人由我发落。”

华周同意。

扎西措："咱们的女儿真是长大了。"

二十八

晨曦里，在黛青色的弧形天幕下，千户府大门前的小广场上挤满了人。

华周出现在大门前，右边是冶彪、韩禄、华旦，左边是花木措、扎西措、马翠翠。

华周宣布："乡亲们，我玛域现处危险境地，需要各路英雄好汉，需要大伙齐心协力，保卫我们的家园、民族和宗教。今天由朗仓加洛和桑代比武，桑代胜了，留在我玛域，败了，立即赶出玛域。"

加洛身穿摔跤衣，胸毛外露，一副怒目金刚的样子，雄赳赳地走进了广场。

桑代体态匀称，身着摔跤衣，也走进了广场。

华周："现在开始。"

加洛和桑代抱在一起，力量和力量的鼎立，两人像公牛一样，使用全力对峙着。

加洛抱起桑代，把他拎着转了三圈，一下甩出桑代。

桑代吃了个嘴啃泥，他趴在地上，抬起头，满嘴的鲜血和泥土。

加洛走了过来，桑代爬了起来。两人又撕扭着到了场地中间。

桑代突然下蹲，抱住加洛的熊腰，突施一个摔跤小技，加洛仰天倒地。

加洛从地下猛地蹿起，又和桑代抱在一起。

桑代已经意识到加洛摔跤技巧不佳，他不慌不忙地和加洛周旋了两圈，又施一个摔跤小技，加洛被甩在地上。

围观的人们爆发出嗤笑声。

加洛趴在地上怒火中烧，剑眉倒竖，两只大眼射出仇恨的光芒。

加洛爬起，趁桑代没防范，打出一拳。

桑代闪展腾挪，身步走蛇，像一道道绿色的闪电，晃得加洛头昏脑涨，眼花缭乱，连连扑空。

桑代趁势飞出一脚，加洛被踢得后退几步，一屁股坐在地上。

他趁人们不注意，飞快拔出身旁围观人的藏刀，像瘸了腿的狼一样捅向桑代。

桑代闪躲着喊：“千户，你不管，我要宰了加洛。”

花木措果断地说：“快，夺下刀来。”

二十九

广场上，人群散去。华周正要转身回府。

画外音：“老爷”！

入画：远处，一骑飞驰而来，马上是大汗涔涔的桑布。

桑布跳下马来，手捧红信封说：“县城共产党送来的信。”

华周吃惊的脸。

三十

千户府厢房。

冶彪、韩禄、马翠翠坐在炕上。

花木措、华旦坐在椅子上。

华周踱步深思：“共产党要派人和我谈判，是什么意思呢?”

华周将信放在炕桌上。

冶彪、马翠翠看信。

马翠翠看后：“还是老一套，共党的统战伎俩!”

冶彪：“共军如到玛域，你的财产全要分了，西宁就是这样，你就要从千户沦为奴隶，要饭的叫花子。”

华周：“共产党不比马长官，他们是没完没了，我要亲自去一趟。”

冶彪：“不能去，他们会扣下你的，再瓦解玛域。”

华周手拍脑袋。

马翠翠笑了：“回封信，就说病了不就得了。”多尔吉附和着：“有道理。”

三十一

千户府小后院的地牢里。

加洛眸子里充血：“哇洛，你只要承认桑代是共产党的奸细，在纸上写个名字，我不但放了你，而且送你三十头牦牛怎么样?”

哇洛还是摇头。

加洛报复心更强烈了，他拿起皮鞭就抽哇洛。

哇洛痛得大叫。

三十二

千户府的厨房门口，桑布跑来找拉雅，拉雅擦着手走出厨房。

桑布："不好了，加洛又在抽打你哥哥！"

拉雅："为什么？"

桑布："他非要让哇洛承认桑代是共产党的奸细。"

拉雅不顾一切地向地牢跑去，桑布追上她："你去不行，快去求求小姐。"

拉雅消失在后院的甬道上。

三十三

千户华周的卧室。

华周写完信，重阅一遍。

花木措："阿爸，我去送信。"

华周抬起头看花木措，扎西措插话："老爷，咱们就这么一个女儿，出了差错，让我怎么办啊。"

华周："派女儿去，共产党认为我更诚心。鹰鹊不学飞翔，永远上不了天空。"又对花木措说："让华旦保护你。"

花木措："不行，让桑代去。"

华周："桑代不可靠。"

花木措："他如果不忠诚，我顺便把他卖给共产党。"

正中华周下怀，他微笑着："让你舅舅帮你应付，你还年轻。"

多尔吉："我去不合适吧。"

华周："你就是前怕狼后怕虎，吃不了你。"

三十四

千户府小后院的地牢里。

花木措站在地牢里的台阶上，身后站有拉雅、桑布、桑代。

“加洛，拉雅一家人为人忠厚老实，不看僧面看佛面，饶了他吧。”

“小姐，你不必为这个下流坯发慈悲，他如果是共产党的奸细，那咱们可就全完了。”

花木措动气：“你敢不放？好，我只好去请阿爸来。”

加洛连忙说：“看在小姐的面子上，罚他十块大洋。”

拉雅解开垂在身旁的腰带，拿出五块银元，双手捧给加洛。

加洛单手接过：“只有五块?”

花木措：“这是他两个月的工钱，你不要不知足。”

加洛一歪头，带两个大汉走出地牢。

拉雅转身向花木措叩头：“好小姐，我们全家不会忘记您的恩德。”

花木措扶起拉雅：“赶快走!”

桑布背起哇洛。

拉雅：“桑布，把我哥先送到龙珠家。”

三十五

清晨，太阳钻出原始森林。玛域庄落，男女老少蹲在门口晒太阳。

男青年甲：“我家好长时间没有盐巴了，这些天我直恶心，浑身没力气。”

男中年乙：“最近外地的‘克哇’也不见来，连盒洋火也买不到。”

老人摇嘛呢轮。

锣声响。有人喊："千户府大门前开会啰……"

三十六

千户府大门前的广场上。冶彪手持念珠。

加洛："大家听着，现在由千户老爷给你们讲话。"

华周："共产党气焰逼人，他们消灭宗教，消灭千百户头人。我们玛域八庄的乡亲父老要行动起来，保护我们的民族、宗教。"

华周拿起红纸念道：

"从即日起，玛域八庄实行戒严。现在规定如下：1. 每个男人要买一支枪，一百发子弹。2. 各庄修筑工事。3. 发现共产党马上报告。"

众人交头接耳。

青年甲："连饭都吃不饱，哪有钱买枪？"

中年乙："你小子说什么，小心老爷的皮鞭。"

加洛用眼巡视众人。

青年甲吓得低下了头。

三十七

深夜，千户府院内。

牦牛群驮来了箱子、枪支、粮食、茶叶等货物。

华旦管家在指挥，拉雅、桑布等侍从将粮食等物扛到后院。将枪支、箱子扛进暗堡。冶彪、马翠翠、韩禄等在远处观看。

三十八

黄河岸边的一个藏族村落。

清晨，藏族妇女在河边背水。

张队长和武工队队员也随人群背水。

妇女甲：“张队长，上身要放松，步子要均匀平衡。”

妇女乙：“张队长，我们藏族男子可从来不背水，这种活，天生是我们女人干的，男人背水，让人笑话。”

张队长指着他身边的藏族青年：“藏族男人不会不喝奶茶吧，我看他的奶茶就没少喝。”

众笑声。

二旦跑上：“张队长，河对岸有情况。”

三十九

黄河渡口。堤岸下面的河水湍急地东流而去。

花木措一行人马停立在石墩旁。

一条铁索固定在石墩上，羊皮筏上的铁丝绳系在铁索上。

花木措将怀中的红绸布拿出，递给桑代说：“桑代，你摇动。”

桑代向对岸摇动红绸布。

多尔吉喊话：“大军，千户小姐有要事要见你们的头领。”

对面传来张队长的声音：“好的，你们过来吧，保证你们人身的绝对安全。”

花木措：“桑代，你的双枪要藏好。”

桑代：“小姐请放心。”

三人走上羊皮筏子，船工摇动船筏，驶向彼岸。

中 集

一

张队长住的藏式农家小院，虽不华丽，却很干净。花木措将哈达献给张队长，张队长回赠哈达。

张队长：“请，屋里谈。”

花木措、桑代进屋。

屋里通讯员已摆上了水果、酸奶、奶茶等物。

多尔吉：“这位是玛域地区华周千户的女儿……”

花木措：“我叫花木措，代表我阿爸前来送信，希望您将信转递省政府。”

花木措将信双手递给了张队长。

张队长：“请放心，马上派人连夜送往西宁省政府。”

多尔吉：“贵军开进藏区后，生活可否习惯?”

张队长：“我军官兵多是穷人出身，什么苦都能吃，藏族人民的生活习俗，我们大多数都已习惯了。”

多尔吉：“令人佩服。”

一个藏族小孩爬进门来，张队长顺便拿起苹果给了他。

通讯员抱着小孩出门。

花木措微笑着问道：“队长，你喜欢我们藏族孩子?”

张队长笑了。

桑代像柱子一样站在花木措的身旁。

二

花木措一行走在回玛域的路上。

花木措："桑代，这儿有两个暗堡，陪我去看看情况。"

桑代："是，小姐。"

三

暗堡内。

几个匪徒正用一顶旧藏帽在要钱。

花木措、桑代走进。

匪徒们同时抬头贪婪地看着花木措。

花木措愣神。

（闪回）一个匪徒去摸花木措的脸蛋。

匪徒中，麻五慌忙低下了头。

四

千户府的长工房内。

桑代已经睡下，桑布轻轻推门进来。桑代："怎么，又会情人去了？"

桑布点头，他正要脱衣服，门又轻轻被拉开。

花木措进门："桑代，我给我阿爸说了，让你今后跟随我，保护我。"

桑代："是，小姐。"他披上藏袍。

花木措："你就会'是，小姐'，我不喜欢，人总不能是木头吧。”

桑布：“是，小姐。”

花木措掩嘴笑了。

五

在美丽辽阔的草原上。

华周和马翠翠并排骑着马。

马翠翠娇声地说：“想不到这么迷人。”

“哎呀！”马翠翠落马。华周下马去扶，马翠翠乘势抱住华周。

华周说：“使不得！”

马翠翠将热唇吻向华周，华周将马翠翠抱上马，两人乘一骑，向原始森林驰去。

六

下午，千户府客厅。

麻五满院子大喊：“不好了，不好了，不好了。”

冶彪、韩禄、多尔吉、华旦分别跑进了客厅。

冶彪站着，瞬间变成了指挥员。

麻五巡视着大家说：“华周老爷，有紧急情况。”

七

冶彪：“等一下，快去请千户老爷和小姐。”

顷刻，扎西措、花木措进厅坐定，冶彪、韩禄、多尔吉、华旦站立一旁。

华旦：“快说！”

麻五：“不好了，黄河对岸的共军又开进了一个炮团，那大炮和轰西宁的炮一样，能放八百里，炮口比你们用的碗口还粗，粗多了。我去侦察，亲耳听一个当官的说明天要轰玛域寺院和千户府。”

冶彪：“是否属实？”

麻五：“属实，属实，若不属实，你们割掉我的舌——头。”

冶彪用眸子扫视：“那么，谁派你去侦察的？”

韩禄：“是我！”

冶彪：“好，有胆识，记二等功。”

花木措：“怎么办？”

冶彪：“请千户老爷决策。”

花木措：“阿爸去草原了，哪儿去找？”

冶彪：“为了保护千户府和玛域寺院，为了藏族人民的自由和幸福，我来决定，今夜加洛率队伍，打掉共军大炮团。我守寺院，韩禄守千户府，要用生命和热血保卫玛域，保卫华周老爷。”

花木措：“我得亲自去一趟，事态不能扩大。”

八

加洛、花木措一行人马走在峡谷中。

花木措：“加快速度，争取天黑以前绕过黄河去。”

加洛：“快一点跟上。”

一百多匹马浩浩荡荡出了峡谷。

九

傍晚。太阳的余晖射进原始森林。五彩缤纷的光线反射在马翠翠的脸上，显得格外迷人。

华周抱着马翠翠。

马翠翠一只手搂着华周的脖子，一只手拿着一朵不知名的野花，送到华周的鼻下："千户，您闻多香。"

华周："翠翠，咱们回去吧。"

马翠翠："不嘛，咱们就在这儿自由自在地过一夜。"

华周："不回去，家里出了事怎么办？"

马翠翠："怎么办？凉办！我真喜欢您，您有千户的尊严，又有男人的气魄，真让我喜欢。"说完就又亲吻华周。

华周："咱们这样对不起扎西措和花木措。"

马翠翠："咱们不这样，你对不起我呀！"

十

傍晚，红霞洒落在藏族村落的河边。

牦牛队驮来了各种用品、百货、生产工具。

藏族武工队队员喊："乡亲们，快来领东西了，省政府支援的，现在开始分发。"

藏胞们陆续到来。

张队长："乡亲们，排好队。"

青年藏胞："有没有盐巴？"

张队长："多的是！"

藏胞们欢天喜地地排着队。

十一

傍晚，加洛、花木措的马队驻扎在深沟里。

加洛下马：“到了，日妈妈的，共军怎么也不会知道这条路的。”

全体下马，都把马拴在马莲墩上。

加洛大声说道：“休息半个小时，天黑了，开始进攻。”

队伍中，有的躺在地上，有的半卧草堆，有的坐在石头上喝水……

突然，一棵大树上打出两颗红绿色信号弹。

信号弹划破天空，落在黄河里。

十二

张队长全副武装跑出院外。

哨兵从房上跳下报告：“张队长，土匪又来抢劫了。”

张队长对藏族青年耳语。

藏族青年带武工队队员绕过水渠，钻入了岩洞。

众匪徒开始包围村庄。

加洛弯腰指挥。

花木措和桑代蹲在岩石后面。

加洛趴在石头后面大喊：“共军们，放下武器投降吧！我们不杀你们，还请你们吃手抓肉！”

“叭”一枪，加洛头上的狐狸皮帽子被打掉了。

武工队队员从另一端钻出洞口。

手榴弹爆炸，马匹受惊，沿沟两端到处乱窜。

花木措刚要上马，被飞来一弹打落地下。她捂着伤口，沿着一条水渠没命地逃跑。

桑代一下抱住花木措，把她送上马去。他俩骑一匹马，落荒而逃。

十三

村头。

张队长和藏族青年手挽手往回走：“小伙子，你今天立了大功了。”

藏族青年：“我不要功，我要加入武工队。”

武工队队员们扛着战利品，说笑着回到村里。

十四

桑代跳下马来，把花木措也抱下马来。

花木措：“加洛这头笨驴，见死不救。”

桑代把上衣撕烂，给花木措包扎胳膊上的伤口。花木措疼得叫唤着说：“哎呀，疼死我了。”

桑代光裸上身继续包扎，花木措疼得抱住桑代。

十五

千户府客厅内。

华周：“我再说一遍，我华周既讨厌国民党，也决不欢迎共产党。我为了玛域地区和我的财产、尊严，才一再拖延谈判。我们不能主动进攻共军，这将引火烧身，后患无穷。这件事不知是谁的主意?”

冶彪滚动着狡黠的眸子：“是我的命令。因为麻五侦察到共军大炮已准备轰炸寺院和贵府，出于对千户的忠诚，我不得不采取行动。”

华周：“加洛，情况是否属实?”

加洛：“共军比我们说的还要厉害得多，我亲眼看到他们的大炮堆在地下。”

花木措扎着绷带进厅，身后是桑代。

花木措：“阿爸，在玛域地区是你说了算数，下不为例，谁敢不听，让他滚出我们的玛域。”

冶彪插话：“请花木措小姐谈谈真伪吧。”

花木措：“黄河对岸火力很强。但没有放大炮，也没出动大炮。”

冶彪严肃地看韩禄，韩禄心领神会。

韩禄：“我在兰州狗哇山和共军打过仗，他们诡计多端，一会儿大炮在东边放，一会儿又在南边轰，过一会儿，东西南北全是日妈妈的大炮，是不是那儿的炮团又调到玛域来了。”

冶彪：“千户大人，此次行动有个极大好处，让共军明白，我们玛域不怕共军!”

华周沉思。

十六

晚上，花木措卧室，银灯闪烁。

花木措半倚在炕上，华周夫妇分坐两边，华旦站在后面。

花木措：“阿爸，今后这种大事，只能由你决定，不得让任何人插手。”

华周："你不愧是我掌上的明珠，言之有理。"

花木措："这次多亏桑代，要不我没命了。加洛这只狐狸，光顾他自己逃命，在这种时候，谁奸谁忠看得最清楚。"

华周："华旦，把桑代叫来。"

华旦："啦索！"

花木措："那天，我去给共军送信，回来的路上到暗堡转了一下，发现一个人，好像是我从西宁回家时劫我的那个人。"

华周立起："花木措，你长大了，此事可是真的？这是人命关天的事呀。"

花木措："我再认认。"

华旦、桑代进屋。

华周："桑代，你救了我的女儿，赏你五十块大洋。"

桑代："不，老爷，我不要。"

扎西措："我替你存着。"

桑代："谢谢夫人。"

花木措："阿爸，你们休息去，我该换药去了。"

华周、扎西措、华旦、桑代走出。

花木措："桑代，回来。"桑代返回。

花木措："过来，给我换药。"

十七

法台内室，法台只身一人，盘坐在内室卡垫上，冶彪进门，缓步来到榻前："法台，有紧急情况，不知您爱听不爱听？"

法台："你总是吞吞吐吐的，说吧！"

冶彪："共军已占领西宁，现已进军青海湖，很快就要打进玛域。据黄河对岸的人说，大炮团已开来，对准了寺院和千户府。"

法台："是真的吗？"

冶彪："共产党就是外来汉人，他们杀人放火，像草原上的鼠疫，不得了。"

法台："哎，神佛保佑我们藏族人平安无事。"

冶彪："共产党信仰马列主义，就是外国的主义，他们消灭佛教，杀戮僧人，抢夺财产，吃光喝光。"

法台："不必再说了，我近日准备诵经祷告，祈求佛祖保佑我们。"

冶彪："据说我安多佛教圣地塔尔寺，被共军大炮轰平了"，装出极度悲伤的样子："可惜呀，可惜！连宗喀巴大师的塑像，还有大小金瓦寺……全完了。"

法台："我们只有去拉萨，去日喀则了。"

十八

千户府后山，山洞门前。

月光下，几名匪徒从洞内往外搬运枪支弹药。

一个人躲在树干旁观察。

十九

玛域寺院门外。

法台和华周穿过宝塔，向前走去。

法台和华周互相施礼。

华周：“法台早日回归玛域。”

法台点头。

冶彪跪地叩长头。

二十

千户府门外。

冶彪和华周、多尔吉正要进门。

花木措正在照相，她冲冶彪照了一张。冶彪一笑：“花木措，我看一下。”

冶彪接过照相机拨弄了一下。

花木措：“哎呀，你给我曝光了。”

冶彪：“真对不起小姐，我赔你。”

花木措：“你不懂照相?”

冶彪摇头。

花木措：“那怪不得你。”

二十一

草原上，阴沉的天空，布满铅块般的云层。

从泥泞的小路上，走来两骑，法台坐骑走在前面，侍卫喇嘛的坐骑跟在后面。

山坡上站着一人，举枪射击法台。

法台、侍卫喇嘛同时落马。

二十二

菩提塔屹立。

一个人影急奔塔下，向等候在那里的一个人悄声低语。

麻五："我已按你的命令，在玛域外的草山上，干掉了他们。"

冶彪："送他们上西天了，你快回暗堡吧。"

二十三

千户府客厅。

华周和各路人马都在静听受伤的侍卫喇嘛哭诉。

华周气得猝然摔掉茶碗："共产党灭我宗教，杀我法台，无法无天，犹如恶魔，给我们玛域带来灾难。"

众人也义愤填膺。

华旦："老爷息怒。"

花木措："阿爸。"

二十四

玛域寺院的大经堂内。透过五彩帏帐，可以看到古朴的唐卡，精美的壁画。

诵经声与乐鼓声如歌如吟……经堂中心，两排僧人相向盘坐，一面击鼓，一面诵经。

华周、多尔吉、华旦等人在跪拜。

华周："三宝世尊，仁慈的神佛，玛域法台惨遭不幸，是我藏传佛教的损失。共产党杀我法台，不仁不义，我华周决不允许共产党进驻玛域，神佛保佑玛域。待动乱平息后，我为法台雕塑金像，永世纪念。"

华周率众人起身。

二十五

华周卧室。

华周夫妇端坐两边。

花木措："阿爸，华旦叔回来后怎么说的?"

华周："华旦他们赶到外域草原后，没看到法台的法体，打听了几家牧羊人，都说不知道，就回来了。"

花木措："只有两个可能，一个是被救，一个是天葬了。"

华周："这很难预料。"

花木措："阿爸，所以要慎重从事，共产党也好，武工队也罢，他们并不知道法台要云游拉萨去。"

扎西措："老爷，现在动乱不堪，咱们可要多长几个心眼。"

华周："行了，都不要再说了，让神佛保佑我们平安吧。"

花木措沉思着，走出卧室。

二十六

桑代扶花木措走出森林，走下山坡，来到小溪边。

花木措："放下我。"

桑代："是，小姐!"

花木措脱下皮靴，脚伸到小溪里："桑代，从见你第一面，我就怀疑你。"

桑代："是，小姐。"

花木措："不但怀疑你，我还喜欢你。可你像个木头人，难道你不会说几句讨我喜欢的话儿?"

桑代："说什么？"

花木措："想说什么都行。我阿爸阿妈要为我选女婿，我要嫁给别人，你一点也不心疼？"

桑代用力折断了溪边小树。

花木措："如果你拿了护身金佛，赶快去向我阿爸求婚。"

桑代不语。

花木措："你枪打得好，跤摔得好，还会治病救人，都是从哪儿学来的？"

桑代："我会将一切告诉你的，小姐。"

花木措："小姐、小姐，讨厌死了，我是人，是个女人！"

花木措一下子扑到桑代怀里。

二十七

千户府的密室内。

藏式土炕上，马翠翠："华周千户还有些胆略，居然能把共产党代表赶回去十二次。"

韩禄："他是为了他的财产和地位。"

马翠翠："你真是个武夫，怎么爱把话一下子说白了，拿你真没办法。"

敲门声。

冶彪、华周、华旦、多尔吉进门。

冶彪脱掉了袈裟："华周千户，您对我们的恩德，您对党国的信任，我已向上峰作了全面的报告。"

马翠翠递上电报。

冶彪："现在宣布命令。"

全体起立，唯华周端坐不动。

冶彪斜视华周："特批准华周为中国国民党西北革命委员会第一军少将军长，冶彪为第一军少将副军长，韩禄为第一军第一师上校师长，郎仓加洛为第一军第二师上校师长，华旦益西为第三师上校师长。"

华周起身不安地踱步："当年马步芳拉我，我不从；打我，我不怕。今天委任我军长，不甚妥当。我须再考虑考虑。"

华周甩门而出，华旦随后追出。

二十八

千户府的密室内。

冶彪递电报给多尔吉。

冶彪："老弟，马长官的下属，已将你的财产存入了土耳其国家银行，将来你可就发大财了。"

多尔吉："土耳其有多远？"

冶彪："过了拉萨就到了。"

多尔吉："到那里，可全靠您了。"

冶彪："不过，你要注意华周千户的变化。"

多尔吉："放心。"

二十九

韩禄正提裤解手，他发现长工房的灯光，提裤子走了过去。

他听了听，用口水捣破窗纸向里张望。

只见拉雅侧卧的上身裸露着，睡意正浓。

韩禄见门虚掩着，便悄悄地推门而入，反扣上门闩。

他脱了衣服，钻入了拉雅的藏袍。

拉雅醒来，以为是桑布，半推半就地依偎在他的怀里。突然，她感觉到异样，睁眼一看，发现是韩禄，她惊叫一声，翻身跳下炕来。韩禄赤着身子也跳到地上，又去堵住门，二人厮打起来。拉雅大声呼叫着……门被踢开，花木措、桑代、桑布出现在赤身裸体的韩禄面前。

三十

马翠翠抬手一巴掌打在韩禄的胡子上："你这头骚羊！"

华旦："兔子不吃窝边草，你是人吗？你给千户老爷脸上抹黑。"

华周："混蛋，拉雅是我的侍女，不能由外人凌辱。管家，你处理。"

华旦："老爷，我看让他滚蛋算了。"

说着上前抽了一鞭子。

韩禄跪着："千户，我受不了啦，共军把我们赶到这儿来，我真的受不了啦。你们有太太，有情人，我现在什么也没有了。你们是饱汉不知饿汉饥呀！"他哭喊着为自己申辩。

华旦抽鞭又打，阿卡洛桑拦阻道："请千户息怒，我们出家人以慈悲为怀，不忍心看他受刑。大敌当前，精诚团结，看在贫僧的面上，给他一次立功赎罪的机会吧！"

又对韩禄："快给千户老爷赔罪道歉！"

韩禄起身抱拳："请千户宽谅我一次。"

华周："看在他们二位的面子上，饶你一次。"

华周和马翠翠互相看了一眼。

三十一

千户府的厢房。

冶彪："翠翠，这个桑代身手不凡，起码训练过三五年，我越来越怀疑他是共党奸细……"

马翠翠："嗯，我会考察他的。"

三十二

清晨，玛域村头。

哇洛牵一条猎犬走来。

桑代给猎犬带上围圈。

哇洛牵猎犬跑在峡谷里。

三十三

小溪流水潺潺。

花木措说："桑代，你趴下选角度，照出来显得高大。"

桑代按花木措的要求拍了一张。

桑代："小姐，我真感谢你教会了我照相。"

花木措："我也学会了打枪。"

三十四

桑布在田野里策马飞奔。

桑布通过几处工事，和哨兵打招呼。

桑布来到一处哨卡下马，对小头目说：“千户有令，让客人进庄。”

三十五

原始森林。

哇洛隐蔽在松树后面。

桑代走进松林，哇洛闪出。

桑代：“蒋马匪徒的弹药库设在千户府后山的山洞里。”

哇洛点头隐去。

三十六

当天中午。

桑布带领三人来到千户府门前。

华周和华旦早已恭候在门口的阶梯上。

三人下马，桑布替他们拴马。

穿蒙古族服的人说：“千户安好！”又抬手指另一位披袈裟的人说：“我来介绍一下，这位是省政协委员，茹宗寺法台格勒南杰；这位是本县县长罗桑才旦；我自我介绍……”

罗桑才旦接话：“他是省政协副秘书长格桑洛哲。”

华周礼貌地施礼：“诸位代表一路辛苦了，请！”

大家进千户府。

三十七

千户府客厅内。

拉雅等侍女上前撤去碗碟食品。桌子上摆上了不少干鲜果。

格桑洛哲："如果千户方便的话，我们想谈谈来意。"

华周微笑道："客气了，一定洗耳恭听。"

格桑洛哲："这次省政府和省委委派我们来，是发现这儿土匪还在抢掠和欺压百姓，百姓生活依然贫困。政府法令明文规定：不准私人购买枪支弹药。据说你们还在购买。不知是否是事实？"

华周理解地说："我们这儿土匪多，为了保护百姓生产，保卫家园，我才买了一些枪支弹药。我想政府是会赞成的。"

格勒南杰法台："千户大人，我是佛门弟子，当然要严守教规，不打诳语，这也是我们藏族的美德。自从共产党、解放军来了后，保护正常的宗教活动，信仰自由。"

格桑洛哲耐心地说："我们希望千户能深明大义，不轻信谣言，和政府真诚合作，孔雀不与乌鸦结友，大象不与黄牛为伴，希望你与土匪脱离关系，撤除岗哨，拆毁工事，政府保证你千户的一切财产及省政协委员的职务。"

华周固执地说："常言道：托人放的马，背上常有一条鞭；托人放的羊，脖上常悬一把刀。我不想受命于别人，听任摆布。"接着又说："请客人们先休息一下，容我再考虑考虑，来人！"

华旦应声上场。

"请客人休息。"华周吩咐。

三十八

白塔前，前来进香的僧俗人等，熙熙攘攘。携带各种供物的人们，有起有落地磕长头。

桑代、哇洛也随人群磕着长头，桑代："快把胶卷洗出来。"

三十九

玛域八庄之一的沃措庄。

垂柳成荫，渠水哗哗流淌。

田埂上走来了华周和冶彪，身后是花木措和桑代。

华周："今年丰收了，先稳定民心，再购一些军火。看起来神佛会成全我的。"

冶彪点头。

四十

暗堡内。

几个匪徒起立。花木措倏地瞪大眸子。

（闪回）一个匪徒伸手摸她的脸蛋。

"阿爸，就是他劫我的路，企图污辱我。是他。"花木措怒指麻五。

麻五吓呆的脸，他一下跪在地上乞求饶命。

冶彪突然从怀中掏出手枪，"叭"一枪打死了麻五。

众人吃惊……

四十一

暮色中。来自四面八方的藏族百姓和僧人，汇聚在寺院门前，虔诚地叩头、膜拜，哇洛和几个青年挤在人群中。

寺内不时传来诵经声。

四十二

夜里。

桑代站在一棵树下。花木措悄悄地跟在他后面。他们一前一后悄悄摸到岩洞口。

桑代持刀杀了洞口的哨匪，又一刀捅了正在发报的特务，砸烂了收发报机。

桑代悄然走出洞口："花木措，快出来。"

花木措闪出："你是共军？"

桑代："现在不是说话的时候，赶快离开。"

二人下山。

四十三

花木措卧室。

花木措和桑代面对面坐着。

（回忆）

辽阔的草原。

在牧民们朝圣的路上，一队又一队苦难的牧民、僧众，举着经幡，背着毡毯，一步一个长头，跪磕着向白塔方向慢慢前进。

一列马队驰骋过来。

骑在马上的多尔吉："冶营长，你看，里面几个年轻人，可以拉走几个，壮丁凑不够数，在马长官面前交不了差，我在西宁的买卖也就砸锅了。”

冶彪：“好，你去挑二十名。”多尔吉下马，指挥匪兵，拉走了人群中的桑代和几个藏族青年。匪兵用牦牛绳串拴着桑代等藏族青年，在泥泞的路上行走……桑代的老阿爸哭喊着：“桑代……我的儿子。”晕倒在地上。

桑代回首：“阿爸，阿爸……”

桑代眼睛里滚动着泪花：“在马家军换防兰州时，我实在受不了虐待，在一个风雪夜晚，偷跑到陕西地界……”

花木措擦了一下眼泪：“你参加了共军……”

桑代不语。

花木措上前一巴掌打在桑代脸上：“我们的祖先是藏族。”

桑代：“可我们从来就是苦难的民族。”说着掏出金佛护身符。

（闪回）花木措的手把金佛护身符挂在树上。

花木措一下子扑在桑代怀中：“想不到，那个救命恩人就是你？”

桑代轻轻地推开花木措，双手捧着金佛护身符：“我爱你，我不敢欺骗你，只有还给你了。”

花木措：“我愿意嫁给你。”

桑代：“现在不是时候。你可以说服你阿爸阿妈，让他们为我们举行订婚仪式……”

花木措：“为什么？”

桑代：“为了我们的安全。”

花木措不解的脸。

四十四

晚上。马翠翠卧室的通道上。

马翠翠见桑代走来，故意低声喊叫肚子疼。桑代过来搀扶。马翠翠顺势伏在桑代背上。桑代背她进了卧室。

四十五

寺院僧舍。

冶彪在深思，韩禄和匪徒站在一旁。

冶彪："有两个可能，共军侦察小分队拔掉了我们的电台，或玛域真的打进了共军奸细。"

韩禄："我怀疑桑代。"

冶彪："他不过是个臭壮丁，他背后一定有人。"

韩禄："干掉他。"

冶彪："不那么简单。"

四十六

卧室内。

马翠翠躺在床上，桑代回身准备走。马翠翠："呵，你可以给小姐治伤，不能给我治病？你是势利眼。"说着解衣服……

花木措进室："这是干什么？"

马翠翠："我病了。请桑代给我按摩按摩。"

花木措："病了吃药，桑代是我的侍卫，走！"

马翠翠："我不吃药，我要喝醋。"

花木措一巴掌打到马翠翠的脸上。

下 集

一

千户府厢房内，八仙桌上摆满了食品。两名侍卫持枪站立门旁。

县长洛桑才旦焦灼不安地踱着步说：“我要见华周。”

华旦：“别着急，我去看看老爷回来没有。”

洛桑才旦：“岂有此理，我抗议华周千户对我的人格污辱，由此引起的一切后果由你们负责。”

华旦回头：“听说你们武工队昨天在我们玛域草原抢了一百只羊，华周老爷巡查实情去了。”

华旦向侍卫示意。

二

花木措卧室。

华旦急忙走进。

华旦：“花木措，共产党的谈判代表提出严正抗议，还说是华周千户对他的人格污辱……你看怎么办？”

花木措：“阿爸走时怎么说的？”

华旦：“阿卡洛桑说共军武工队抢了玛域一百只羊，老爷急得没安排什么，就走了。”

花木措：“每到节骨眼上，洛桑总拖着阿爸。他是在拖延谈判时间，加紧布防时间。”

华旦：“你去见见谈判代表吧！”

花木措：“好吧。”

花木措、华旦、桑代起身。

三

傍晚。千户府密室门外。

拉雅一手提铜壶，一手拿龙碗。她听到声音，贴耳静听。

冶彪：“华周虽然和我们近乎，但也没有和共产党彻底翻脸，是留了一手。当务之急，要迫使共产党和华周彻底决裂。”

“郎仓加洛这几天没有消息吗？”冶彪问。

马翠翠回答：“没有。”

冶彪来回踱步。少顷向韩禄招手，两人耳语。

四

深夜。

拉雅的卧室。

拉雅：“我找了你半天，你哪里去了？”

桑布：“老爷派我催税金去了。”

拉雅：“我听到一件吓死人的事情。”

两人低声议论。

五

红墙夹道，一片寂静。

一道闪电，打出了穿喇嘛服人的身影。

他晃晃悠悠，向前挪步。

红墙拐角，又闪出一个人影。

一道闪电，冶彪和多尔吉耳语。

六

寂静的夜。

一人翻墙来到千户府，直奔长工房，推门而入，冲桑代床位低语："桑代。"

桑代从来人身后闪出："你是谁?"

来人："我是多杰，奉韩禄的命令来杀你，怎么办?"

桑代："要么我死，要么你死，你现在只有赶快渡过黄河。"

多杰："去投降共军?"

桑代："是为了咱俩的安全。"

多杰扭身要走，花木措进门。

花木措："谁?"

桑代："先让他走。"

多杰出门。

七

千户府密室。

"军长大人，现在该是和共产党撕破脸的时候了，时间对共产党有利。"

"你这是什么意思?"华周问。

冶彪做了个切削的动作。

韩禄气喘吁吁地走进来："白等了一个下午，连共产党代表的影子都没看见。"

华周变脸色："什么？你们竟敢加害共产党代表？这不是虎口拔牙，把我放在火堆上烤吗？"

冶彪："早晚要和共产党翻脸，等他们把群众发动起来了，这儿一切就要变了。"

马翠翠阴阳怪气地说："煮熟的鸭子飞不了。"

华周生气地甩门而出，华旦紧跟在后。

八

玛域庄外的树旁。

华周："尊贵的诸位代表，恕不远送，由我女儿花木措代劳。"

格桑洛哲："希望千户能再仔细考虑一下利弊得失，慎重从事，一时考虑不周，或一步走错，就会铸成大错。"

华周："我华周一定会慎重考虑的！"

诸代表上马。桑布在马上悄悄对格桑洛哲说："今天不要走了，他们在鹰嘴山设下了埋伏，要对你们下毒手……"

格桑洛哲："谢谢你，桑布。省政府让我们今天动身，时间不等人啊，我们小心点就是。"

桑代、桑布坐骑走在前面，代表和花木措的骑走在中间，侍从们的坐骑跟随其后。

九

深山老林，阴森可怖。

省政府谈判代表骑在马上。老树旁，闪现出加洛的脸。接着，一声清脆的枪声。谈判代表下马隐蔽。桑代、桑布端枪向森林扫射。四名侍卫边打边跑进森林搜索。

十

傍晚，黄河岸边。红霞染红了天际和黄河两岸，石墩上的铁索系着羊皮筏。

谈判代表下马，和华旦、花木措、桑布互相施礼道别。

谈判代表走下堤岸，准备上皮筏。多尔吉在人群中掏出小手枪，对准才旦打了一枪。

才旦县长中弹倒在岸边坡地上。人群乱了套，多尔吉趁乱逃跑。

华旦、花木措、桑代掏出枪保护谈判代表上羊皮筏。

才旦县长躺在堤坡上，红光在他黝黑的脸上闪烁。

十一

千户府小厢房内。

花木措、桑代、桑布跑进来。

花木措：“阿爸，不好了，洛桑县长渡河时，被坏人打死了。”

华周：“啊，造孽呀，造孽。”

华旦：“老爷，看来两条路都埋伏了人，哪条也走不通。”

花木措：“路上是虚晃一枪。”

华周：“不行，我得到县上去请罪。”

扎西措：“扣下你，那我们怎么活啊。”

华旦："共产党在火头上，不宜去。"

华周："我。哎，绵羊群里引来了几只恶狼。"

十二

青海省委大院。苹果园内的葡萄架下，省委负责同志在和谈判代表交谈。他从公文包内取出几张照片，其中一张是冶彪穿着国军少将服，一张是冶彪穿着袈裟。

省委负责同志说："你们看看，一张是敌伪档案中的马匪师长冶彪，这一张是他打入玛域后的伪装照，现在他在指挥玛域地区匪特和我们对抗，企图把玛域地区变成小台湾，要坚决消灭他。"

又说："华周千户思想上矛盾重重，他力图保住财产和千户地位，但引狼入室，毛线球越缠越大……尽管我们的战友牺牲了，但目前我们对他的政策不能变。"

格桑洛哲："我们一定按省委意图办事，努力克制自己，争取和平解放玛域地区。"

省委负责同志："你们现在的任务是美美睡上二十个小时，准备进行第十七次谈判。"

两位谈判代表起身。

十三

晚上。

千户府密室内。韩禄和马翠翠在交谈，冶彪进门。

冶彪："怎么回事？"

韩禄："昨天晚上，我让一个弟兄去杀掉桑代，结果他失踪了。”

冶彪：“韩营长，你见过驴吗？”

韩禄一愣神。

冶彪：“你和草原上的驴一样愚蠢，共产党能解放全国，剩下玛域八庄算什么？你杀了他们的奸细，他们就不会再争取华周了，两天内就会攻占玛域，我们就全完蛋了。”

韩禄：“那怎么办？”

冶彪：“稳住华周，迎接台湾方面反攻，美国人一插手，青海又归咱们管了。”

马翠翠：“万一失败了怎么办？”

冶彪：“去拉萨，临死也要咬它三口！”

十四

草原上，风和日丽。

藏族群众在围观武工队的马群。

草坡上，张队长在给队员讲话：“同志们，今天的课目是马上射击和马上劈刺，现在开始。”

武工队队员们上马。

一列马队冲刺射击，多中靶环。

一列马队劈刺靶标，草人人头落地。

马蹄声声。藏族群众欢呼。

十五

晚上，寺院僧舍内。

冶彪、韩禄、马翠翠及几个小头目坐在一起。

冶彪："接受上次教训，今夜凌晨在后山的岩洞周围布雷。"

马翠翠："弹药集中在一起是失策，要分散到另一处一些。"

冶彪："韩师长，你要亲自去测量一块发射点。"

韩禄瞪大了眼睛，马翠翠说："这叫声东击西。"

十六

峡谷里，山清水秀。

华周、花木措、华旦下马。

谈判代表格桑洛哲和格勒南杰下马。华周的侍从立即接过缰绳，牵马随行。

格桑洛哲、华周及格勒南杰三人并排走着，花木措稍后跟随。

格桑洛哲："华周千户，不要将政府的克制、忍让视为软弱。人民政府对外来匪特及反革命武装是要坚决消灭的，决不会手软。"

格勒南杰："华周大千户，到了悬崖勒马的时候了。"

华周面色沉重地走着。

花木措："阿爸，从我们祖辈上，马步芳攻打我们，视我们家族为死敌，他失败了，却来拉拢我们，让人不能理解。"

格桑洛哲："是的，花木措小姐很有见识。"

马叫声在山谷里回响着……

十七

千户府厢房。

冶彪："奇怪，十六次谈判都在这儿，唯独这第十七次谈判是在峡谷里，情况有变，说不定他把我们都卖给共产党了。"

马翠翠："华周这些天情绪不好，共产党可能给他施加压力了，我看着就不对劲。"

冶彪："不管他那一套，咱们走咱们的棋。"

十八

华周、花木措及华旦匆匆进了大院，通过甬道，进入千户府卧室。

冶彪和马翠翠隔窗观看。

冶彪："情况有变。"

十九

深夜，月色暗淡，万籁俱寂。

峡谷里，韩禄正指挥几名匪徒施放"六〇"小钢炮。

韩禄："方位对准了没有？"

一匪徒："一切准备就绪。"

韩禄一声命令下，火红的炮弹出膛。

二十

千户府院内。

一声呼啸，一枚炮弹落在院内花池里爆炸。

震得窗户簌簌作响，灰尘直落。

华周惊恐地打开房门。

花木措从卧室奔出。

马翠翠从卧室奔出。

桑代从门外闪入树旁。

二十一

原始森林，烈日当空。

武工队侦察小分队隐蔽在松树中。

张队长手拿望远镜，俯瞰沟底，可以清晰地看到匪徒们在一哨卡游逛，并盘问着行人。

二十二

华周卧室内。

华周一家人围在一起议论。

多尔吉快步进室：“大哥、大姐，共军已过黄河渡口，准备袭击沃措村和暗堡。”

华周：“呵，谈判代表说的是假话。”

多尔吉：“大哥，事到如今，你还相信共党的那套鬼把戏，赶快收拾金银细软，准备逃命。”

华周：“扎西措、花木措，你们快去准备。”

扎西措、花木措起身下。

二十三

傍晚。

千户府北厢房的门反插着，沿墙的地板被撬开。

扎西措坐在凳子上，手里拿着念珠。桑布正在搬罐子。

花木措带桑代走进。花木措：“阿妈，你清点后再掩埋。”

十几个罐子里装满了金银财宝。扎西措起身查点财物。

突然，扎西措：“坏了，纯金佛像不见了，值钱的东西都找不到了……”

花木措：“家贼难防，你们听着，谁要说出去，我宰了谁！”

扎西措晕倒在地，拉雅上前搀扶着她。

桑代在洞里掩埋，桑布在洞口外递着罐子。

花木措检查洞口。

二十四

华周千户的卧室内。

拉雅将扎西措的被子盖好：“夫人，我去给您煎药。”

韩禄像幽灵似地闪进了房子，将毛巾塞入扎西措嘴中，粗鲁地趴在扎西措身上。

“叭”的一声，韩禄被木棒打昏了。

炕前，桑布手执木棒傻站着。

二十五

一栋平房前。

桑代：“你舅舅到底是什么人？”

花木措：“他是个商人，在西宁马坊开了家毛皮厂，就知道钱、钱。”

桑代："我看他不像是商人。"

花木措："我知道，还是你知道?"

桑代："好，不争论他的事情，我们先搞清楚炮是谁放的。"

花木措："不是武工队放的，又是谁呢?"

桑代："放一颗炮弹，不可能解决问题，反而搅乱了你和你阿爸的思想。"

花木措深思。

桑代："咱们去察看一下。"

二十六

华周千户卧室。

拉雅手端药罐，侧身推门进来。看到手执木棒呆立着的桑布，和躺倒在地下的韩禄，她明白了一切。

扎西措泪水满面："拉雅，让神佛快来拯救华周老爷吧!"

两个女人抱头痛哭。

卧室门响，华周和华旦进来。

华周见景，冷静地吩咐："华旦、桑布，把他拖到马圈里埋了。"

华旦、桑布拖起了咽气的韩禄。

二十七

千户府后山。

桑代拉着花木措闪到树后。

桑代指岩洞："这儿是弹药库，可能你和你阿爸还不知道。”

二人下山。

桑代轻声：“炮弹的发射方位好像不在这儿。”

二十八

夜静更深，千户府后院的马圈内。

桑布还在专心喂养几匹高头大马。

阿卡装扮的冶彪轻轻走进来。

他微笑着说：“桑布，我料你会把我们卖给共产党。”

桑布：“我不懂那些党，就会养马。”

冶彪：“从今后，你再也见不到你那可爱的拉雅姑娘了。”

没等桑布动作，一声低脆枪响，桑布栽倒在地上。

冶彪飞快地把桑布的尸体拉在马粪堆旁，拿起了铁锹……

二十九

千户府密室内。

马翠翠焦灼不安地抽烟。冶彪搽着手进门。

马翠翠突然变成另一个女人，她眼神那么果断和自信：“韩禄死了也好，见了女人走不动路的大色鬼，成事不足，败事有余。”

冶彪：“华周内心已经和我们翻脸，你要拿出魅力来稳住他，我去督战。”

马翠翠：“不行，我试了几次，他再不上钩了。”

三十

华周千户卧室内。

华周扶着昏迷不醒的妻子，拉雅递水。

华周："拉雅，我平时待你像亲生女儿，你就留在扎西身边。佛祖保佑你们平安。"

三十一

花木措的卧室。

桑代："你赶快先去龙珠家躲藏起来。"

花木措："阿爸怎么办？"

桑代："他陷进去了，现在把你阿爸藏起来，他们会炸平寺院，毁掉千户府。目前，他们需要他，利用他的千户身份逃往拉萨，还没到杀他的时候呢。"

花木措咬着牙："这群恶魔！"

三十二

千户府的小经堂内。

华周、华旦、桑代跪在佛像前，合掌朝拜。

华周："罪过，罪过，是我引狼入室，对不起祖宗和玛域的平民百姓。"

华周："事到如今，我把花木措交给你，你就是我的亲人了。"

桑代："有什么事情，您尽管吩咐！"

华周掏出一封信交给桑代："赶快去找格桑洛哲。"

桑代："呷啦，老爷。"

二人起身隐去。

三十三

千户府密室内。

马翠翠正陪加洛进餐。

马翠翠："咱们是老同学了，别忘了咱们在南京时的同窗友谊呀。"

加洛："放心，用你们汉族的话讲，咱们是一根绳上的蚂蚱，谁也飞不了，蹦不了。"

加洛边说边啃羊腿。

冶彪进密室后说："奇怪呀，半夜里，桑代在自己备马……"

马翠翠吃惊，放下碗筷："咳，藏族雄鹰，该你起飞了。"

加洛："说吧，干什么事？"

马翠翠："你到哨卡去备马，明天拂晓赶到黄河边，让桑代跳进黄河喂鱼去。"

冶彪接话："到了桑代该天葬的时候了。你回来后，到岩洞去找我们。"

加洛边吃边点头。

三十四

夜色中，多尔吉背着东西，匆匆走出千户府大门。

闪晃的人影消失在夜幕中……

三十五

朦胧的天色。

桑代骑马绕过德日村，飞过哨卡。

加洛大声呼喊：“桑代，你停下，我有话对你讲。”

桑代不理，快马加鞭。

桑代的马飞驰在峡谷中。

加洛的马从远处追来。

三十六

寺院后门。

华周及十几名武装侍从经过这里。突然，四面埋伏的几十名匪徒窜了出来。

冶彪从后门出来说道：“华周大千户，为了避免伤亡，请你下马谈谈吧。”

华周扫视了一下侍从，只好下马，说：“什么事情?”

冶彪：“你是不是要到共产党那儿出卖我们?”

华周：“我要去向人民政府请罪。”

冶彪：“下掉武器!”

匪徒们将侍从的武器下掉。

冶彪：“把他捆起来。”

华周被匪徒捆绑起来。

华周：“你们杀了我吧。”

马翠翠在门厅说：“不能杀，杀了他怪让人心疼的。”

华周：“呸！贱货。”

马翠翠搡着华周娇滴滴地说：“快走吧。”

三十七

桑代驰出山谷，加洛紧追不舍。桑代骑马跳越路障。加洛也同样跳越路障。

黄河，两岸的峰峦参差危耸。岸边的窄路上，桑代飞驰而过。突然，一块飞石打落加洛手上的枪，又一块飞石把加洛打下马来。

三十八

黄河岸边。

桑代跳下马，将信拿出。

桑代把信递给船工：“马上较交张队长，请他转格桑洛哲。”

船工上筏。桑代勒马返回。

三十九

加洛苏醒过来，见面前站着哇洛。

他像条疯狗，突然起身，猛扑过去，抱住哇洛的双腿。哇洛倒地，两人扭打在一起。

两把藏刀同时刺入两个人的胸膛。两人翻滚着，坠入崖下的黄河。

黄河浊浪翻滚……

四十

藏式农家小院。

屋内，格桑洛哲正坐着打电话。旁边，姜政委、张队长等人在静听。

格桑洛哲：“张省长，玛域大千户华周来信，请求我们马上出兵玛域。并请求我们坚决消灭蒋马匪特。”

电话声：“我代表省委和省政府，命令你们马上出兵玛域，坚决消灭蒋马匪特，一定保护好华周本人安全，并转告华周本人，省政协委员的名额还为他保留着……并问候他及他家属……”

格桑洛哲放下电话说：“姜政委、张队长，下面的戏你们唱吧。”

姜政委、张队长站起说：“坚决执行省委、省政府命令。”

四十一

石山岩洞，洞口是茂密的灌木丛。

洞内，华周躺在破羊皮上，此刻，他脆弱的神情几乎崩溃，眼睛黯然无神，深陷的眼窝里汪着泪水。

他呆滞的眼睛直望着洞角，似乎是想理清自己纷乱的思绪。

他手持嘛呢轮，祈求神佛保佑。

洞口，有几个汉族武装人员把持着。

四十二

峡谷，通向玛域。

一边是凹壁凸崖，一边是原始森林。红旗迎风招展。姜政委率解放军大队人马走在峡谷里。

一藏族战士对姜政委说道："政委，这条路通往玛域，再往前，就是敌人的暗堡了。"

姜政委："准备战斗，拔掉暗堡。"

全体人员下马，进入作战状态。

四十三

峡谷，又一条通向玛域的道路。张队长率武工大队的人马行进在峡谷中。

张队长："全体注意，出了峡谷，就到玛域的德日村。全体做好战斗准备。"

四十四

两边两个暗堡的枪眼在喷射着火焰。两边的战士开始攀登山崖。

一个战士跳上暗堡。向暗堡的通气孔塞手雷。战士跳下暗堡垒。

"轰"一声，暗堡被炸得浓烟升天……后面房子里匪徒打着白旗走出。另一个暗堡的匪徒也举手走出。

姜政委："一排长，你们在后面押俘虏，我们继续前进。"

解放军马队奔驰在峡谷里。

四十五

德日村头。

桑代带张队长、武工队队员围了上来。

桑代："德日村的四个暗堡全部由加洛的人把守，他们枪法好，要特别小心。"

张队长命令："轰!"

武工队队员们施放"六 O"炮，突然，飞来的流弹打倒了两名武工队队员。张队长指挥炮排从不同角度发射炮弹……一战士在炮火的掩护下，将炸药包拉响。

碉堡被炸毁，烟柱冲天。

四十六

一队匪徒打着白旗走出来。

武工队队员们在藏族老乡的帮助下，清查武器弹药。

冶彪披着袈裟，进到岩洞里。

冶彪："一切布置好了。"

马翠翠："看来玛域完了，我们的忠诚朋友，咱们一起去拉萨吧!"

华周："我哪里也不去。"

冶彪："共产党不但杀我们，也要杀掉你，是你把玛域变成小台湾的。"

华周："罪过，我宁愿死在家乡的土地上。"

冶彪："不，我们很需要你，你是我们去拉萨的通行证。"

华周："我真是瞎了眼。"

马翠翠："我回府去取路费。"说完出洞去。

四十七

武工队队员们在攀登岩洞。

张队长和桑代隐蔽在怪石后。桑代："队长，你掩护，我去排地雷。"他起身转入一侧。

世界静悄悄地……

桑代挖出一颗地雷。利用拉线，拴在杆子上，他又躲在岩石后，挑动杆子，地雷爆炸。

四十八

张队长命令藏族队员喊话："缴枪不杀，投降吧！"

冶彪："你们开枪吧，开枪先打死华周！"

冶彪和匪徒们捆绑华周，并把华周推向洞口。

冶彪："共军不撤，我打死华周！"

张队长："全部撤出阵地。"

冶彪将华周推出洞口……

四十九

冶彪推着华周走出洞口，身后尾随几名匪徒。

冶彪："我们去拉萨，快！"

冶彪推华周往山上走。

埋伏在旁边的桑代一枪打倒冶彪，华周顺势也倒在地上。

张队长端冲锋枪扫射众匪徒。

众匪徒乱窜。

一匪徒趴下射击，被一武工队队员捅了一刺刀。

一匪徒躲在树旁刚要射击，被一武工队队员用石块打在头上。

岩洞内，几名匪徒举手投降出洞。

冲锋号在响……

张队长、华旦跑上，拉起地上的华周千户。

五十

武工队队员和女军医抬扎西措上山。

扎西措一头扑在华周怀里："老爷，他们都是好人啊。"

张队长："华周千户，张省长问候您和您的全家好。"

姜政委："张省长希望您到西宁去参加省政协会议，您已被选为省政协委员。"

华周泪水夺眶而出。

张队长："华周千户，请您回府吧！"

华周："我一定到西宁去，向人民政府请罪。"

花木措扑上："阿爸。"

华周："我的好孩子。"

花木措："桑代呢？"

花木措急切下山。

五十一

千户府大门口。

马翠翠身穿男式藏服，慌慌张张地走出。

桑代骑马赶来。

桑代："马翠翠，你要到哪里去？"

马翠翠："我要回西宁，这儿太可怕了。"

桑代："马翠翠，你投降吧！"

马翠翠一屁股坐在地上："哎呀，好桑代，我是妇道人家，实在没办法呀！"

桑代："别装洋葱了，你的鬼主意多得很，你是蒋马匪帮的忠实爪牙。"

桑代准备下马。

马翠翠从靴子里迅速抽出袖珍手枪，射向桑代。

桑代落马倒地。

马翠翠骑上桑代的马："再见吧，玛域。三十年河东，三十年河西，我会回来的。"飞驰而去。

五十二

千户府门口。华周一家返回。

门口横躺着满身鲜血的桑代。

花木措大叫："桑代，我的桑代！"

桑代睁开眼："马……跑了。"

桑代手中拿着护身金佛像。

花木措拿起来，带在脖子上。

花木措又拿起地上桑代的枪，跳上马去，挥鞭即跑。

张队长："一班，上马，保护花木措。"

武工队队员们上马朝花木措方向追去。

五十三

草原上。

马翠翠的马似流星驰过……后面全副武装的花木措，口衔马缰绳，双手双枪，紧紧追赶着马翠翠。

马翠翠不时回头张望、射击。花木措趴在马背上，双眼放射着仇恨说。枪弹下，马翠翠落马。花木措的马驰到近前，连发数枪把马翠翠的胸膛打成了蜂窝。

花木措疲惫地跳下马，一下坐在草地上。

迭出

挂在树杈上的护身金佛项链在飘荡……

迭出

花木措："……我阿爸阿妈要为我选女婿，我要嫁给别人，你一点也不心疼？"

桑代用力折断了溪边的小树……

花木措一头栽倒在草地上，大声哭叫："我的桑代！"

武工队队员下马，擦着眼泪，扶起花木措。

五十四

玛域寺院门前。

张队长带领护送法台的马队来到门前，华周率全家及华旦在门口恭候。

华周："法台平安回归玛域，真的佛祖保佑啊。"

法台："此次大难不死，是共产党救了我。"

张队长："据揭发，在路上暗杀法台的人，正是冶彪在暗堡中打死的麻五，他是为了杀人灭口。”

华周：“罪过，罪过，是我的罪过。”

法台：“佛祖保佑我们玛域平安！”

众喇嘛按寺院礼规迎接法台平安归来。

五十五

千户府门前小广场上，堆堆残雪。朝霞染红了庄廓、山峦，一阵阴沉的法号冲破了黎明的沉寂。坡路上站满了人，桑堆座座，香烟袅袅。广场上，一堆大火熊熊燃烧。

华旦管家：“乡亲们，请安静。”

张队长：“乡亲们，现在我宣布，匪徒多尔吉盗窃了华周大千户的金银财宝，已被我们擒拿……”

众哗然。

扎西措走向前，打了他一巴掌：“你这个六亲不认的畜生。”

张队长：“据匪特交代揭发，杀害谈判代表洛桑才旦县长的也是多尔吉。”

群众中有人叫：“烧死这个败类！让马拖死他！”

张队长：“押下去。”

武工队队员押多尔吉下场。

接着，省政府副秘书长格桑洛哲出现在台阶上说：“现在隆重追悼我们藏族英雄洛桑才旦县长和藏族雄鹰桑代。根据洛桑才旦县长家属的要求，将遗体送回他的家乡。”

张队长：“经过请示省委，现在公布藏族英雄桑代的身份。他是我们武工大队的副大队长，是委派到玛域的侦察员，任务是消灭蒋马特务，保护华周千户的安全。他出色地完成了任务，光荣牺牲，现授予他一级战斗英雄称号。”

花木措发疯似的跑回府去。

远山上的武工队队员们朝天鸣枪，以示哀悼。

五十六

玛域寺院的大经堂。

正中，慈祥的巨大佛像。众喇嘛身披斗篷，在虔诚地诵经。千百盏酥油灯在闪光。寺院法台手持佛珠端坐宝座之上。众人随华周磕长头。

五十七

峡谷。

凄风怒号，白雪飘落。

驮着洛桑才旦尸体的牦牛走着，法鼓、法钹在低沉地响着……

驮着洛桑才旦尸体的牦牛在爬坡。

喇嘛们跟在后面，乡亲们走着，一张张充满哀痛的脸……

雄鹰在低空盘旋。

法鼓、法钹还在继续响着。

雄鹰翱翔远去。

全剧终

文章来源：《青海戏剧》1990 年第 3 期；

1990 年 9 月，由青海电视台录制成四集电视剧播出。

雪山悲歌（广播剧）

剧中人物：

莱　　丁……………………………藏军代本
华　　青……………………………藏族青年
珠　　玛……………………………藏族姑娘
荣 赫 鹏……………………………英军上校
有　　泰……………………………驻藏大臣
麦克唐纳……………………………英军将军
马 专 员……………………………江孜专员

［两声炮响］

［缓缓沉郁的藏族音乐起，混］

解说：1840 年，英帝国主义挑起鸦片战争，用大炮轰开了中国的大门，清廷腐败不堪，以辱求荣，割地赔款，更助长了英帝国主义者的侵略气焰。1904 年，英军上校荣赫鹏以谈判商约为名，率领大军，侵入西藏亚东地区。

［杂乱的马蹄声、枪声、哭叫声、火焰燃烧声，混成一片］

解说：英军闯入藏族村落，肆意烧杀抢掠。一场血洗之后，到处是断壁残垣，满目焦土。小巷和村头草地上横七竖八地躺满了尸体，有男有女，有老有少，血腥气和尸体烧焦的臭味弥漫在空气中，令人窒息。全村鸦雀无声，死一样的沉寂。

［**猛然间，传来一声马的响鼻声**］

解说：在一个场院里，有五个藏兵围在一起，一个军官模样的人，怀里抱着一个满头白发、浑身血污的妇女尸体。

莱丁：母亲，孩儿是专程来看您的，不料您和众乡亲们惨遭洋人毒手，我来迟了，这是孩儿的罪过。愿您和乡亲们的灵魂早升天界，我向您发誓，愿三宝明鉴，我莱丁如不加倍讨还这笔血债，不将这些在我神圣的雪域疆土上横行屠掠的恶魔赶出去，誓不为人！

藏兵甲：代本大人，我们愿意跟随您去讨还血债。

藏兵乙：是啊！代本大人，这帮野兽还在我们的疆土上行凶作恶，请大人速作决断！

莱丁：（起立）上马，回兵营！

［**马蹄声由近而远，渐逝**］

解说：莱丁代本骑上白马，将母亲的遗体横抱在胸前，几个藏兵也飞身上马。他们放缰疾驰，消失在草原深处。

［**庄重森严的藏族音乐**］

解说：在拉萨布达拉宫，西藏噶厦议事厅里，几尊佛像前，安放着吉祥八宝，圣水银碗，酥油金灯。大活佛阿旺罗桑赤烈、甘丹赤巴罗桑坚赞以及其他僧俗高级官员，肃穆地坐在精致的藏式卡垫上。

大活佛阿旺罗桑赤烈首先说：由藏军司令部转呈的莱丁代本的信札想必诸位大人已经阅览。此事甚急，特请诸位从速计议。依我之见，在我藏域雪境，修建房屋，自保疆土，乃天经地义。西洋人屡次以强凌弱，贼喊捉贼，反诬我侵占了锡金边境，强行提出撤兵通商，重新划界的无理要求，毁我房屋，杀我边民，掠我牛羊，拆我寺庙，无恶不作。我等应据实禀报达赖佛爷，并通过钦差大臣有泰，上奏大清皇帝，请总理各国事务衙门决策，不知诸位大人意下如何？

罗桑坚赞：大人所言极是，彼英吉利阴鸷成性，据说与缅甸诸国，都是先以甘言利诱到手，现今都蹂躏不堪。已有前车，恐蹈覆辙，况且英吉利与我教道实为冰炭，全不相干，其意在我藏区土地，绝非通商能相安无事。为我藏区众生安享清平，为我佛门黄教昌盛，应从速转奏大皇帝圣鉴。

诺吾桑布：方才法王大人的陈述，亦是我诺吾桑布的意愿。我藏地蒙上天佛祖神灵保佑，仰祷文殊菩萨大皇帝洪福，僧俗民众，得以乐业安居，至今洋人如此举动，实在有损大清国威，有损大皇帝圣颜，我等藏区上至官员，下至僧俗民众，应不惧其淫威，洋人如若再行兵患，即使男丁死绝，只剩女流，情愿复仇力阻，绝不放弃一寸土地，绝不会舍弃佛教正体！

伊喜茨冲：众大人所言均乃实情。不过依鄙人之见，凡事和为贵。我佛法旨，以贪、嗔、痴为戒，我等应以宽厚、豁达为怀，以我们的仁慈为之，去感化消融贪嗔之心，此乃平息干戈之良策。况且那英吉利兵精粮足，我们绝非他们的对手，还是不争一事一地之得失为好！

诺吾桑布：伊喜茨冲大人所言，实在不敢苟同，洋人之所为，正是我佛门大敌，对待恶魔，只有将其打入十八层地狱，哪能坐视其残害生灵？为了黄教的兴盛，历史上开过多少次杀戒?！大人乃佛门弟子，噶厦要员，却不为我藏地父老兄弟姐妹的疾苦着想，有何颜面上对我佛达赖，下对庶民百姓？

解说：是战？是和？引起了争执。最后，噶厦还是作出了抵抗的决定，贴出政府告示，晓谕僧俗民众。

[**出街市的音响和人们的议论声**]

解说：在宗政府门口墙边上，许多人挤在一起，听一个老喇嘛读噶厦的告示。（藏文告示）……碧眼红发之洋人，实非善良之辈，诬我佛教，欺我百姓。自去岁以来，陈兵甲岗，口称谈判，实藏祸心。更为甚者，近日不断派兵骚扰我边境，杀戮我边民，无恶不作，天怒人怨，我藏区万千僧俗，除年老病残者外，即日起一律须自备兵器、口粮、衣物，限月内在各宗政府聚齐，誓死不准洋人跨进我雪乡藏境……

解说：人群中，有一对热恋的情人。男的叫华青，强壮剽悍，一股英气。女的叫珠玛，温柔漂亮，面色红润。他们听后，不由得义愤填膺。

华青：这群豺狼，太欺负人了。据说他们侵占了我们的春丕，现在又在甲岗驻军。他们借口通商，不但骗走了我们大量的金银珠宝、麝香鹿茸、羊毛皮张，而且还杀人放火，抢牛夺羊，什么坏事都干得出来，真是一伙十足的强盗。

珠玛：这些红毛魔鬼，心都黑着呢，去年冬天你打的那五张狐皮多好，红得像一团火，可是那几个洋商人还嫌这嫌那，只换回了两块茶，真坑人哪！

华青：前几天，听三个喇嘛说，他们的寺庙也遭了劫，佛像被砸了，金银器被抢走，临了还一把火点着了寺院。

珠玛：觉卧佛睁眼，惩罚这些恶魔吧！

华青：珠玛，我想从军去，用猎枪让那些绿眼睛的豺狼们瞧瞧，我们也不是好惹的。

珠玛：我也去，跟你一块。

华青：不行，那是打仗。

珠玛：怎么不行，就许你杀洋人？狼我见过的多了。

[清脆的小铜铃声]

[隐约的轻松的英国音乐]

解说：在锡金某地一幢华丽的小洋楼里，又瘦又高、一副鹰鹫面孔的英军上校荣赫鹏正和又矮又胖的英军侵藏头子麦克唐纳准将策划新的侵略阴谋。

荣赫鹏：麦克唐纳将军，我们略施小计，这些不开化的番邦愚民已经上钩了，他们的兵力现集中在岗巴一带，我们应当尽快乘虚而入。

麦克唐纳：他们不许我们的商务代表团进藏，又在隆吐山设卡，意在阻止通商，截断了廓尔喀东通印度的道路，这是我们大英帝国的耻辱。少校，我赞成你的计划，要声东击西，给他们点颜色看看，这帮愚顽的家伙除了用武力征服，再没有别的办法。我命令你，立刻行动，先攻占江孜，而后直捣拉萨。但要注意，为了在舆论上站住脚，我们还是不能丢掉谈判的旗子。

荣赫鹏：将军，清廷驻藏大臣有泰派来的谈判代表何光燮等人已在干霞宗等候谈判，我们如何处置？

麦克唐纳：就说他品位太低，一个小小知府，不配和我们谈判，我们代表大英帝国，在这里开拓文明，他们如有诚意，品位必须相等。这样，可以依此转移视线，拖延时间。

荣赫鹏：明白了，将军。

[军鼓声、马蹄声、铁器叩击声]

解说：贪婪的侵略者，再次伸出了魔爪，荣赫鹏带领一队英军穿过峡谷，进入藏族聚居区，爬上一座雪山。山顶上有一座鄂博，山顶吹动着鄂博上的经幡。

莱德尔：报告上校，前面有一座鄂博。

荣赫鹏：莱德尔上尉，我命令你将这座代表国界的鄂博立刻拆除，他们的国界在哪里，应当由我们来定，弱肉强食，这是我们的法则！我们要将大不列颠的文明，随着枪炮的轰鸣，送进这个野蛮的国度。

莱德尔：是！少校！拆除鄂博！

[乒乓的拆砸声，荣赫鹏的狂笑声]

解说：山顶的鄂博被拆毁，木制大刀、长矛、经幡、石块、柳条被抛得满地狼藉。

[威严的藏族寺庙音乐]

解说：峡口，一座寺庙高高耸立在山岗上，三面环山。山脚下，一条大道通向山谷。[**出两声寺院喇叭声**]。寺庙红墙绿瓦，金碧辉煌，气势宏伟。[**喇嘛诵经的声音**]殿堂内，觉卧佛正襟危坐，数十个喇嘛在寺主活佛的带领下，跪在地上，口诵经卷，祈祷神灵护佑。[**磨刀声，嘈杂声**]

解说：大院里集中了许多藏军和有武器的百姓，他们有的在摆弄大枪，有的在磨大刀，有的手握粗棍，还有的朝山下大路一边的院墙根上堆积石块。华青靠在一块岩石上擦枪，珠玛偎依在华青身旁。[**摆弄枪支的音响**]

华青：你就是不听话，非要来！

珠玛：谁不听你的了？我是放心不下，想跟你在一起。再说，洋人那么可恶，我真想亲手杀几个。

华青：我是担心你。

珠玛：知道，我给你们烧茶做饭，装装火药总可以吧？

解说：他们俩正说着话，身材高大壮实，面色红黑的莱丁代本神色严肃地走到大殿的台阶上。

莱丁：同胞们！藏军士兵们！请静一静。

珠玛：华青，他是什么人？

华青：他就是要领我们去打洋人的藏军代本莱丁。听说，他的母亲也叫洋人给杀死了。

莱丁：为了我们祖国的疆土不受侵犯，为了我们的民众能得到安宁，为了我们神圣的佛教不受摧残，我们才到这里来阻截洋人的。父老兄弟们、姐妹们，就是弹尽粮绝，我们也应以死相拼。

众人：我们愿向觉卧佛起誓，以死相拼。
[**马蹄声由远而近，下马，跑步响**]

解说：这时藏军探马跑进大院，在莱丁旁边耳语一阵。

莱丁：刚才我们的探子回报，说洋人距此地还有五十多里。现在厨房已为大家烧好茶水，大家先吃饭，饭后就地待命，没有我的命令，谁也不准放枪、出击。

［军鼓声、马蹄声］
［表现行军的音乐］

解说： 荣赫鹏带着英军来到峡口，他看到峡口山岗上有座寺庙，居高临下，地势险要，便命令部队停止前进。他拿着望远镜观察，随后命令炮击寺庙。

［炮声、爆炸声、石块滚动声］

解说： 几发炮弹击中庙宇围墙，立即坍塌。巨大的石块滚向山谷，发出阵阵巨响，但不见一个人影走动。

荣赫鹏：命令部队继续前进。占领寺庙！

解说： 英军士兵背着枪，零零散散，旁若无人地向寺庙山门走来。只见山门里面走出一个人来，这人正是华青，他赤裸着右臂，左手拎着一只木桶，像是去提水。英军毫无戒备，满不在乎。突然他从桶里抽出一把寒光闪闪的大刀，手起刀落，一个英军士兵来不及哼一声，就被劈成两截；庙里和倒塌的院墙豁口处，藏军和民兵，夹杂着喇嘛，潮水般地涌出。他们手持大刀、长矛、火枪、棍棒杀向英军。

［喊杀声、刀器碰击声、枪声、死亡的惨叫声］

解说： 这突如其来的打击，使敌军晕头转向，心惊胆战。荣赫鹏被一枪击中左臂，险些落马。几个士兵赶忙救护，他逃下山去。藏军和民兵冲入敌群，与敌人展开肉搏。敌军一个个面如土色，有的丧命刀下，有的抱头乱窜。藏军和民兵乘胜追击，突然山下发出大炮的轰鸣，十几个藏军和民兵倒地。华青等几人不顾一切冲向敌炮手。正冲着，华青腹部中弹，他艰难地用血染的腰带勒紧腹部并将腰带头放进嘴里用牙咬住，然后向前滚了几步，猛地立起，冲向敌炮手，举起大刀，用力砍了下去。在敌兵的一声惨叫中，华青也倒了下去。

解说：藏军和士兵在莱丁代本的指挥下，英勇冲杀，打退了敌人。庙门口、山坡上，横七竖八地躺着二百多具英军尸体。[**密集的炮声**]

解说：九天之后，英军纠集了大批人马，进行反扑，密集的炮火猛轰寺庙。庙门口的嘛呢旗杆被连根拔起，炸成数截，藏军的龙、虎、日月旗被抛向半空。英军像蚂蚁一样漫山遍野而来。军民僧俗奋勇抵抗。在激烈的拼斗中，一个个壮烈牺牲，人员逐渐减少。在敌众我寡的情况下，莱丁代本率领剩下的人从后门敏捷地爬向山坡，隐藏在一片桦树木中。珠玛背着受了伤的华青，随队而撤。

[**悠扬的寺院钟声**]

解说：月色朦胧，红山顶上的布达拉宫在四周黑茫茫群山的衬托下，显得愈发巍峨。在清朝驻藏大臣有泰的家里。

家兵：启禀大人，江孜马专员有要事求见。

有泰：不见！让他明日再来。

家兵：喳！（家兵转身向门口走去）

有泰：慢！宣他进来。
家兵走至门口：大人有请。
（马专员踏进大厅）

马专员：参见大人。

有泰：你深夜到此，有何要事？

马专员：回大人话，如前禀陈，知府何光燮，带领弁兵，马不停蹄，驰至亚东甲岗一带，一面开导英员，息兵衅，一面译咨达赖，选派一噶伦前往商办界务，通商事宜。怎奈洋人借口其官职卑微，拒绝商谈，继续为非作恶，有意挑起边衅。洋人用心，绝非通商、划界可以满足，他们想吞并西藏，置我于奴役之地。我藏番僧俗民众，不堪欺侮，同仇敌忾，奋起抵抗，但因素欠操练，加之兵器欠佳，连战失利，死伤甚惨。现洋人更为飞扬骄横，兵至江孜以东曲米仙古，声称要大人亲赴该地，方可会谈，卑职欲同莱丁代本及三大寺代表一同前往，请大人示下。

有泰：马专员，此次事端，实属事出有因。军机处数次来函，传皇太后旨意：务必不可激怒洋人，对番民则需开导，不得节外生枝。撤兵、划界、通商事宜，可从长计议，不可鲁莽从事。怎奈藏番愚顽，桀骜不驯，一意孤行，始有今日之败，使我大清颜面扫地，实属可恶。此乃他们咎由自取。

马专员：莱丁代本率领藏军和民兵血战峡口，已经挫败英军锐气，倘若藏区上下一心合力，定能驱逐英寇。

有泰：不得妄言！尔等此次前去，专员万不可为藏番所左右。尔乃大清命官，当为清室图谋。大英帝国，天下无敌。与它争夺高低，实乃飞蛾扑火，绝不可斤斤计较，以小而失大，为一事一地之得失，弃我大清豁达之风度。

马专员：大人！恕卑职直言，此次边界事端，实乃洋人挑战，绝非我藏区之过。倘若再三忍让，更助长洋人气焰，更何况藏区僧俗民众，对洋人兽行义愤填膺。如我等不义正词严，挫败洋人图谋，委曲求全，人心向背，即刻可见。请大人权衡利弊，洞察其奸，以免生灵涂炭。

有泰：放肆！你竟敢违背皇太后圣谕，图谋不轨。藏番乃不堪驯化之刁民，自不量力，以卵击石，只能自食其果。你身为大清官员，不思朝廷皇恩，百般为刁民辩解，居心何在?!退下！

马专员：喳！（马专员怏怏退下）

[**脚步声，“立正”的口令声，立正的脚步声和持枪声**]

解说：在曲米仙古，宗政府四周戒备森严。后院两旁厢房廊下，英军士兵持枪而立。

马专员：莱丁代本，三大寺茨成旦巴活佛等人个个脸色庄重，鱼贯而入，身后跟随数十名弁兵。正厅门口，麦克唐纳将军、荣赫鹏少将等假意落阶相迎。麦克唐纳像个滚动的肉球；荣赫鹏眼露凶光。

麦克唐纳：诸位大员，请！

［**脚步声**］

解说：正厅内，炉火熊熊，陈设华丽。地上藏式地毯，四周金银古器，右墙角极不相称地放一口藏式大铜锅，里面盛满钱币。正中一条长桌，旁边全是靠背木椅。双方代表刚就座，马专员就质问麦克唐纳。

马专员：既是请我等商议，又为何刀光剑影，你们诚意何在？

麦克唐纳：这……

荣赫鹏：上次在江孜一战，承蒙莱丁代本赏光，我荣赫鹏大难不死，至今心有余悸，还是戒备点好。

莱丁代本：是啊，屠夫怎么会放下刀呢？

麦克唐纳：如此争执，对事态毫无裨益。

荣赫鹏：尔等数千藏兵，剑拔弩张，抬眼即可望见，要说诚意吗，双方都得有。据说藏员办事，一向爽直，为了创造良好的谈判气氛，不再发生冲突，我方将撤去全部警戒；贵方也应做出同样的反应，熄灭火绳，解除作战准备。代本大人这一建议，我希望能够得到通过。

莱丁：如果你们确有诚意，这回不难。束姆赛林，传令我军，熄火待命。

束姆赛林：是！

荣赫鹏：罗马少校，撤除警戒！

罗马少校：是！

解说： 罗马少校命令撤去房顶、木房下的士兵，但是撤下来的士兵又都悄悄躲进两边厢房，从宽大的藏式窗户中紧张地朝外窥视。

麦克唐纳：根据藏英条约，贵政府允许我大英帝国派员探访，并由总理衙门发给护照，妥为照料。但噶厦在我们保护国锡金隆吐山一带修筑堡垒炮台，设卡防守，阻我进藏通道，有违承诺。为了睦邻友好，不再以兵戎相见，噶厦必须拆除堡垒炮台，撤回藏兵，重新划界，以利通商。如果噶厦一意孤行，帝国将以武力相见。到那个时候，一切后果，概由你们承担。

莱丁代本：隆吐山乃隶属我热纳宗管辖之地，我唐古特民众，世世代代游牧于此地，交税纳款，尽人皆知，故而设卡防守，天经地义，他人无权过问，何来划界之说！在甲岗等地，你等借口通商，强占我哨卡，拆我界石鄂博，毁我寺庙，杀我边民，如此行径，是何居心？

马专员：你等大军入境，炫耀武力，以强凌弱，那我僧俗军民，将誓死抵御，决无二心。即使男尽女绝，也义无反顾。

荣赫鹏暴怒道：一派胡言，毫无诚意！

麦克唐纳奸诈地说：少校，不必动怒，听听他们的申辩又有何妨。要以我们的文明，去感化他们的粗野。

莱丁：文明？哼！杀人放火就是你们的文明。

马专员：莱丁代本所言乃句句实情。你等掩耳盗铃，蓄意反诬，毫无商谈诚意，还假谈什么文明？真是无耻之徒，我等告辞。

麦克唐纳：且慢！我们不会亏待你们，明人不做暗事，我们大英帝国很想和你们西藏噶厦建立一种特殊关系，和印度、廓尔喀、哲孟雄一样，我们可以帮助你们开拓文明。既然马专员不想和我们交朋友，那我们就只有抛开他。如果不是我误解，我们之间何事不能从心，实属马专员之流从中作梗，你等为何要受清廷摆布，听命他人，我略备一些薄礼，不成敬意，请诸位大员赏光笑纳。

荣赫鹏：抬过来。[**抬东西的脚步声**]

解说：几个英军士兵，将铜锅抬至桌旁。莱丁等人露出蔑视的神态，不屑一顾。茨成旦巴活佛胸挂念珠，双手合十。

茨成旦巴：善哉！老僧已是风烛残年，更何况金钱乃过眼云烟，要它何用。我等实为我僧俗民众不受欺凌涂炭，能看守疆界，安享太平，为我佛教昌盛，释迦佛轮永转，方不辞劳苦，来此商谈，绝非他人指使，一片真心，苍天可鉴！

莱丁：保家卫国乃天经地义，我百万之众绝非愚民，尔等离间小计，实乃枉费心机。告辞！[**椅子声和脚步声**]

荣赫鹏：按你们中国人的说法，我们是先礼后兵。既然诸位不肯赏脸，就不要怪我们不客气！你们来得去不得。来人！把他们抓起来！[**几个卫兵拥进房内的声音**]

马专员：你们这是背信弃义！真是一伙无赖！卑鄙！可耻！

解说：躲在宗政府大门外树后的珠玛看见藏军卫兵被一群英军围困缴械，知道不妙迅速离去。她急匆匆穿过一个十字路口，向左拐进一条胡同，走到一户人家门口。[**急促地拍门声**]

华青：谁？

珠玛：我，珠玛，华青，快开门。[**开门声，脚步声**]

华青：看你这副样子，出什么事了？

珠玛：不好了，去洋人那儿谈判的莱丁代本他们全被洋人扣押了。

华青：啊，糟糕！

珠玛：快想个办法吧。

华青：得把他们救出来，你赶快去叫咱们的人，到这儿集合。

珠玛：好！不过，你的伤？

华青：现在顾不了那么多了，快去吧。

珠玛：哎。

解说：夜色苍茫。十几名牧民，有的头裹红布，有的头戴礼帽，手持镰刀、斧头、大刀等，悄然聚集在一个胡同的拐角处。

华青：同胞们，咱们的谈判代表被无赖的洋人扣住了，无论如何得把他们救出来。行动时要小心，不要出声，走！

解说：在厚厚的积雪的掩盖下，华青一行来到宗政府里院外墙的墙角下，见无动静，迅速搭起人梯，进入院内。接着通过厢房和正厅的夹道，来到白天谈判的正厅门口，发现一个英军哨兵持枪来回走动。[**哨兵走动的声音**]

解说：华青示意大家原地隐蔽，他和另一人顺院墙和厢房的另一条夹道迅速接近敌哨兵，飞身上前，将哨兵按倒在地。华青的两只手紧紧地卡在敌人的脖子上，另一人抽出腰刀，捅进了他的胸膛。华青拣起地上的枪。其余人打开房门，救出谈判代表。

华青：代本大人，你们受惊了。

莱丁：好兄弟，我们又上了洋人的当，谢谢你们。

华青：快走吧，珠玛他们在外面接应呢。

解说：华青等人迅速来到院墙根，搭起人梯，莱丁代本、马专员、华青等人先后翻过墙，墙外边同样搭起人梯接应。华青由于枪伤未愈，一阵疼痛，脚下打滑，摔了下去，发出声响，被英军哨兵发现。[**哨声、枪声响成一片**]

解说：珠玛等人连忙扬起甩石索，将石子像箭一样抛向屋顶的哨兵，同时用火枪射击，将几个英军打翻在地。华青等人在珠玛的掩护下，迅速消失在一条胡同里。[**抒情辽阔的藏族音乐**]

解说：江孜宗四面环山，宁曲河蜿蜒穿过江孜平原。宗山高高屹立在村边。山顶有一个大鄂博。用石块砌成的碉堡群俯瞰着山下。碉堡两侧，是大小不等的山洞，里面存放着粮食弹药。山后是悬崖绝壁。莱丁代本被华青等人救出后，率领藏军，在这里阻击英军的进犯。[**炮声、军鼓声、枪声**]

荣赫鹏少校指挥英军，从东北、东南两翼向宗山发起攻击。碉堡中，从火枪口倾吐着复仇的铅弹；从壕沟里滚下的巨石和投石索抛出的卵石，飞向敌群。敌军扔下几十具尸体仓惶退回山下。

[宁静深沉的藏族音乐]

解说：夜幕降临。藏军士兵和民兵疲惫地靠在壕沟边。碉堡里多数士兵怀抱枪支蹭伏在地下，有些人通过枪眼紧盯着山下。一处砂袋垒起的掩体边，一支双叉猎枪的枪口从砂袋孔隙中伸向掩体外，华青面宠憔悴，侧身靠在砂袋上。

珠玛：华青，吃点吧！你瘦多了。

华青：现在要是有水喝多好啊？嗓子都快冒烟了。听到宁曲河的流水声，我真恨不得一口将它喝干！

华青坐正身子：珠玛，你挺得住吗？

珠玛：还可以，只是感到浑身没力气，抛石打不远。

华青：一定要挺住，这伙吃人的魔鬼，他们杀死了我们多少父老兄弟姐妹，我恨不得将他们一个个掐死！珠玛，我向“三宝”起誓，杀不尽这些野兽，我誓不为人！

珠玛：我也起誓，和你一样。

解说：莱丁代本走到华青和珠玛跟前，华青匆忙想站起来。

莱丁：别动了，快坐下，今天，你杀了几个洋人？

华青：十来个吧。

莱丁：好样的！还有你，珠玛。

华青：代本大人，我们在这里已坚守了这么多天，洋人别想靠近我们一步，但现在山上的存水已用光了，敌人又断了我们的水源，我们已经三天没有喝上一滴水。有些兄弟，在喝自己的尿，这样下去，我们都得渴死。

莱丁：是得想个办法，我们绝不能坐以待毙……

解说：朝霞映着远方皑皑的雪山冰峰，宗山顶上，藏军的旗帜虽被炮火打烂，但仍然在碉堡上飘扬，碉堡前的山坡上横满了英军的尸体。山脚下，英军又密匝匝地集结起来。

荣赫鹏：帝国的勇士们，麦克唐纳将军又给我们增援了四百人。愚顽的藏番已经水断弹尽，不堪一击了。现在是诸位建立功勋的时候，勇士们，为了女王陛下，前进！［**密集的炮声、枪声、军鼓声**］

一藏兵：代本大人，又有一千多英军朝我们冲来。

莱丁：将士们！我们已经在这个关口坚守了三个月，打垮了敌人几十次冲锋，我们是无愧的。现在，我们剩的人不多了，又没有援兵，水也断了，情况很危急。华青！

华青：有！

莱丁：看来敌人要狗急跳墙了，我们得做好突围准备。我现在命令你组织伤员、妇女和青年突围。我带人掩护你们。

华青：不！代本大人，让我来掩护，大家不能没有你。

莱丁：我们的民族，是不会屈服的，我们不能都战死。只要有一部分人活着出去，就是胜利，不要争了，执行吧！

华青：为什么？为什么不让我这样的年轻人留下，我已向“三宝”起誓，要同这些魔鬼血战到死！

莱丁：死？年轻人，为什么要死，难道我们都要死在洋人面前吗？死在敌人的刺刀下，你不觉得耻辱吗？年轻人，你们刚刚开始生活，我们江孜不能没有后人，更不能没有我们民族，今天的生存就是明天的繁荣。你们撤吧！

[哭泣声，更猛的炮声]

解说：英军攻上来了。莱丁代本领着藏兵顽强反击。几名藏兵顺着壕沟爬到一石窟里，这是一个炸药库。等大批英军拥到石窟前，藏兵用火镰打火，将炸药引爆，与敌人同归于尽。

[轰！轰的爆炸声，夹杂一两声人的尖叫]

解说：另一些藏军和敌人展开肉搏。华青和一敌人抱成一团，被敌人压在身下，但他奋力拼搏，抽出腰刀，扎进敌肋。他翻身站起，又扑向一敌兵。两个敌兵围住华青。莱丁代本举起大刀冲上去左右砍翻二敌。挟住华青的肩膀。华青使劲想挣脱，前去杀敌。

莱丁：你为什么不撤？

华青：我和他们拼了！

莱丁：强嘎！你把这个小伙子送下山去！

解说：莱丁代本率领部分藏兵掩护部队突围。他们拼命厮杀，最后阵地上只剩下莱丁代本等十几个人了，他们退到了后山的悬崖边缘。英军个个喘着粗气，平端着刺刀，步步逼近。

荣赫鹏：代本大人，你们完了，还不投降吗？

莱丁：少校先生，最后投降的是你们！真正死的也是你们！

荣赫鹏：上！抓活的！

解说：莱丁代本和藏军士兵手执兵器，毫无惧色，眼中喷射着愤怒的火焰，一个个转身跳下悬崖。[**歌颂性的藏族音乐**]

解说：莱丁代本率领藏军和民兵浴血奋战，抗击英军的侵略。但是清廷媚外求和，不派援兵，噶厦也涣散软弱，没能组织更有效的抵抗，江孜失守，英军进占拉萨。[**混入整齐的行军脚步**]

解说：太阳惨淡无光。八廓街的大昭寺庙门关闭。往日的嘛呢旗杆上的经幡不见了，悬挂着英国米字旗。英军耀武扬威地在街上恣意行走。

两名英军士兵走进一条小巷。

不远处，一青年妇女抱一小孩子走来，望见英军士兵，匆匆走进一大门。

英军加快脚步，追至门口。［**狠狠地拍门声，猛地砸开门**］

老妇人：阿弥陀佛！行行好，千万别进去！千万别……

一英军：滚开，老不死的！

老妇人：阿弥陀佛！不要作孽。

一英军：去你的佛爷吧！

［**房中传出妇女的斥骂呼喊声、孩子的哭叫声，英兵的淫笑声……**］

［**藏族宗教音乐**］

解说：距离拉萨西郊二十里地的格倍山下，藏传佛教格鲁派的最大寺庙哲蚌寺，有七千七百名僧人，依山而建，气势宏伟。

一队英军包围了寺庙。十几门大炮黑洞洞的炮口对准寺庙中心，他们要以武力逼索粮食。

寺内的措钦大殿里，高大的强巴佛像前，大大小小的酥油灯像群星落地，摇摆的火苗倒映在净水碗里，闪闪烁烁，更显得神秘莫测。

［出念经的音响，有领诵，有跟诵］

数千名僧人，一排排坐在卡垫上，虔诚地诵读佛经，祈求菩萨保佑。

在寺院场地中央，荣赫鹏趾高气扬地对一个僧官和几个喇嘛发布命令。

荣赫鹏：我再次重申，在订立条约之前，你寺必须提供粮食两百斤，而且要在今天下午五点以前。否则，就将你寺夷为平地，绝不宽恕。

解说：下午三点零七分。

荣赫鹏站在一门大炮后边，两手插在裤袋里，焦急地走来走去，粮食还没有送来。

解说：四点五十分。

荣赫鹏：瞄准措钦大殿，准备射击！

解说：五点差三分。

从巷口出现了一队稀疏的僧人队伍。他们身背牛毛口袋，步履缓慢地走来。

荣赫鹏（狂笑）：到底把粮食交出来了。

解说：深夜，白天背粮的几个僧人在一片寂静中接近看守粮食的英军哨兵。

［出哨兵的脚步声，打哈欠声］

解说：一僧人突然跃身向前，哨兵被掀翻在地。与此同时，十几名僧人从旁边疾跑过去。几分钟后，粮仓起火，烈焰腾空，照得四处如同白昼。

[**大火燃烧声，急促的哨声，叫喊声**]

解说：血腥的侵略会受到无情的报复。

英军军营外，两名英军军官在街头漫步，两个僧人迎面走来。

[**出刺杀的喊声和被刺的惨叫声**]

解说：突然两僧人从袈裟下拔出匕首分别刺去，一个军官被刺中胸部当场倒地毙命；另一个被刺中颈部，僧人返身逃进一小巷，但不幸遇上了英军的巡逻队，两僧人被捕。

[**叙述性的藏族音乐**]

解说：拉萨附近的一个小村落里，一户藏族小院的大门口，有五六头牦牛，旁边堆放着七八条鼓鼓的羊毛口袋，一个英军士兵持枪守在门口，院内，几个英军士兵在抢一位白发老人的粮食。

[**出争夺粮袋的声音**]

老大爷：老爷，看在佛爷面上，留下这点粮食吧，这是明年的种子啊。

英军甲：少啰嗦，拿来吧！

老大爷：还给我！你们杀了我吧！

英兵乙：哼！不识趣，我给你一刺刀。

[端枪的声音，突然的开门声]

解说：正在这时，院墙角的一扇小门被打开，华青和珠玛走了出来。

英兵甲：站住！干什么的！

英兵乙：我开枪了？

华青：啊，先别开枪。大爷，粮食让这两位老爷拿走吧，他们从那么远的地方到咱们西藏来，容易吗？各位老爷，请里边坐，我们藏民是很好客的，你们到我家，就是我们的客人。珠玛，你去准备些吃的。我们这里强盗多，被抢怕了，所以刚才失礼了，请多包涵。

解说：几个英军半信半疑地走进屋里。藏式厨房，宽敞明亮。几个英军被热情地让到炕上。炕中央是长条桌，上边摆了红枣、核桃、酥油、炒面、油饼等食物。华青端来了青稞酒，放在土炕与锅灶用木板隔开的灶门口。珠玛敏捷地从卷起的袖口里拿出一个小纸包，打开后，小心翼翼地倒进青稞酒里，并将酒罐晃了几下。华青满面笑容，将斟满青稞酒的茶碗送到英军士兵手里，珠玛伴着婀娜的舞姿，唱起敬酒歌：

无际浩瀚的海洋，
鱼儿正在把歌唱。
不是对自己的金眼睛，

进行自我赞赏，
而是诉说自己的心愿，
不要出现可怕的鱼钩渔网。

鲜花开满的池塘，
莲花正在把歌唱。
不是对自己美丽花叶，
进行自我赞赏，
而是诉说自己的心愿，
不要出现可怕的冰雹和寒霜。

在我美满吉祥的“家”中，
珠玛我在尽情歌唱。
不是对自己美妙的歌喉，
进行自我赞赏，
而是诉说自己的心愿，
不要降临不祥的祸殃。

歌声还未停止，只见英军一个个横眉竖眼，龇牙咧嘴地倒在炕上，嘴和鼻孔中流出紫血。

华青和珠玛立即将英军一个个从炕上倒拖着扔进了房后的菜窖里，接着向大门外走去。趁哨兵不备，一刀刺进哨兵的腰部。

[被刺杀的惨叫声]

解说：英军军营大院中。荣赫鹏等一伙军官分别坐在桌旁。几名地方政府官员，数十名市民和僧人站在院中。华青和珠玛也混在人群中。

庭院左方，竖立着一绞架，两名行刺的僧人袈裟破碎，满脸血污，被绑在绞刑架旁的木桩上，旁边一堆干柴熊熊燃烧。

荣赫鹏：你们抢我军火，烧我军粮，我军进驻拉萨，已被杀死官兵几十人，我们绝不容忍！今天先绞死这两个杀死我军官的凶手，以示惩罚！上刑！

解说：两名英军士兵，凶神恶煞似地走上前，从火堆中抽出两根烧得通红的铁棍，将铁棍烙到两僧人脸上，［**惨叫声**］两名僧人昏死过去，半晌才逐渐苏醒，然而又被套上绞索悬空吊起。

［**哭泣声，诵经声**］

荣赫鹏：你们听着，这是反对我们进驻拉萨的下场！你们西藏地方政府和三大寺要送来四名人质，如再发生类似事件，我们将以同样的手段处置。另外，对此次事件要缴纳罚金五千银元，限明日交来。

一军官：报告少校，清朝驻藏大臣有泰求见。

荣赫鹏：啊！有请！

解说：有泰身穿朝服，脑后拖着长辫，一脸媚笑地走进大院。身后两人抬着一个黑漆匣子，上边横搭着一条哈达。后边十几人抬着米面、牛羊、酒桶。

［**一行人的脚步声，放东西的响声**］

有泰：尊敬的少校阁下，我身为驻藏大臣，治理无方，藏番僧民，愚顽不堪，虽然苦心开导，晓以大义，但禀性难移，屡屡与贵军寻衅滋事，致使贵军蒙受重大损失。今日略备薄礼，犒劳贵军将士，以表心意，务请赏光。

荣赫鹏：贵大臣为人，我们略知一二。我大英帝国，非常赏识你的才能。今天我们为了杀一儆百，处死两名凶手，贵大臣不是来说情的吧？

有泰：哪里！哪里！贵军恩威并施，实乃造福西藏。这些顽民不知好歹，是他们自作自受，应得的报应，应该严惩，应该严惩！

荣赫鹏：我等遵照大英帝国政府命令，议和条约已经拟就。西藏地方政府必须签约遵守，有关条款，我方可以解释，但不作任何商谈更改。

有泰：一切悉听尊便。

荣赫鹏：贵大臣一向办事干练有方，望能督促藏员从速签约。否则，每拖延一天，必须缴纳五万银元赔款。

有泰：一定照办！

荣赫鹏：请诸位大员里边用茶。

解说：有泰等人朝屋内走去。院内警戒解除，群众和僧人愤愤走出英军军营。华青和珠玛更是恨之入骨。

珠玛：我非咒死那个头上长尾巴的奴才不可。

华青：哪天让我再碰上那个红毛魔鬼少校，我一定要用粪灰填满他的臭嘴，掏出他的心肝。

[喇叭凄然地吹响着]

[藏族宗教礼仪音乐]

解说：拉萨的大街小巷，英军三步一哨，五步一岗，如临大敌。街上悄无行人，死气沉沉。通向布达拉宫的山坡盘道上，西藏噶厦政府的僧俗官员缓缓而行。

队伍前边，有一喇嘛背一根顶部有铁环，系着各色彩带，底部带有铁环把手的六楞权杖，在前开道。头戴鸡冠僧帽的两名喇嘛，各人手持一根龙头长杆，从杆头的金香炉中冒出缕缕白烟。

一顶大黄伞下，走着法王罗桑坚赞。他身穿带格黄缎子僧装，足蹬厚底僧靴，面带忧愁。后边是噶厦其他官员。

[寺院的钟声和喇叭声响起]

在布达拉宫宽敞的大厅里。

仪仗队排列在大门两边。

法王罗桑坚参与噶厦僧俗官员步入大厅。

清朝驻藏大臣有泰和英国侵略军头子麦克唐纳、荣赫鹏等早已坐在桌旁。

噶厦政府官员按次序就座。麦克唐纳站起身来，颇为得意。

麦克唐纳：法王阁下及诸位大员，今天，我们大英帝国与西藏噶厦政府签订友好条约，条约有英藏两种文本，当然以英文为准，它的主要内容是：

一、除亚东埠外，增开江孜，噶达克为商埠。许英国分别派员监管商务。

二、赔款250万卢比，分75年缴清，赔款未缴清前，英军占领春丕。

三、自中国与哲孟雄边界至拉萨的防御工事一律拆除。

四、除经英国事先同意外，西藏土地不得让卖、租典与任何外国；

西藏一切事务不准任何外国干涉；

任何外国不准派员入藏；西藏的铁路、道路、电线、矿产或其他权利不得让与任何外国或其臣民；

西藏各项进款或货物或钱币不许抵押或让与任何外国或其臣民。

现在请签约吧。

解说：条约文本送至法王罗桑坚赞面前，他阴沉着脸。噶厦政府其他官员皆默默无言。

罗桑坚赞犹豫片刻，拿起大印，颤抖着手向条约文本上盖去。

解说：1904年，西藏人民英勇抗英，却被清廷和西藏上层出卖，英国侵略军在布达拉宫强逼噶厦政府签订了耻辱的《拉萨条约》。《拉萨条约》严重损害中国的主权，清政府坚决不予批准，并要求修改条约。西藏人民亦从来没有屈服过，他们的反英抗英斗争一直绵绵不绝，火种不熄。

［音乐扬起，结束］

全剧完

文章来源：《青海剧作》1987 年第 1 期；
1986 年 8 月由青海人民广播电台录制成广播剧播出。

ཨ་ཡ་དང་ཞྭ་མདུད།

བདག་གི་ཕ་ཡུལ་དུ་ཆེར་མི་སྐྱེས་པའི་ཁྱི་གུ་རིགས་ཤིག་ཡོད་པར་ཡུལ་སྐད་དུ་ཧྭ་པ་ཟེར་ལ། ཤེས་རྒྱ་གུ་རྡོག་དྲགས་པ་མིན་གཤིས། ཁམས་ཕྱོགས་ཀྱི་ཡུལ་སྐད་དུ་དེར་ཨ་ཡ་ཟེར་བ་དང་། ཚིག་མཛོད་ཁ་ཤས་སུའང་མཐོང་རྒྱུ་ཡོད་ཅིང་། དོན་ལ་སྔོན་ཆད་དགོན་པ་གྲྭ་ཚང་དུ་ཤིན་ཏུ་མང་། དེང་དུས་རིག་རྒྱུ་ཏ་ཙང་ཞུང་ལ་ཕལ་ཆེར་རྒྱུད་ཆད་ལ་ཉེ། དེ་བས་ཁྱི་གུ་དེ་རིགས་ཚོང་རྫས་སུ་གྱུར་ཏེ། གོང་ཆེན་མ་བྱིན་ཆེ་ཉེ་རྒྱུ་མི་འདུག གོ་ཐོས་ལྟར་ན། ས་ཆ་ལར་གཅིག་ལ་སྒོར་མོ་སྟོང་རེ་དགོས་ཟེར། ཁྱི་གུ་དེ་རིགས་མཚུ་ཐུང་ལ་སྤུ་རིང་ཞིང་འཇོལ་བ། གདོང་ལེབ་པ། གཟུགས་ཆུང་བ། བདག་པོའི་དགའ་སྣང་ལ་ལྟ་ཤེས་པ། ཕར་བལྟས་ཆོད་ཀྱིས་དེའི་རྣམ་འགྱུར་དགོད་བྲོ་བ་ཞིག་ཡིན་པས་ན། ཁྱིམ་མིར་སྤྲོ་བ་འཕེལ་ཞིང་དགའ་བ་སྐྱེར་བ་ཞིག་ཡིན་མོད། འོན་ཀྱང་མི་ཆ་མེད་ཅིག་ལ་འཕྲད་ཚེ། དེས་སྤུ་གཟེངས་ཤིང་ཁ་ནས་ངར་སྐད་འབྱིན་སྲིད། "ཨ་ཡ་ངར་ངར་བྱས་ནའང་། རང་ཁྱིམ་སྲུང་བའི་གོ་མི་ཆོད" ཟེར་སྲོལ་ཡོད་ཀྱང་། དེས་ཉལ་ས་ཚ་ཐབ་དང་མི་ཟས་མངར་མོ་སྔོ་ཆས་སུ་བྱེད་ཅིང་། དགུན་གསུམ་གྱི་བསེར་བུ་དང་དབྱར་གསུམ་གྱི་ཚ་བའི་སྡུག་བསྔལ་མྱོང་མི་དགོས་པས་ཅི་འདྲ་སྐྱིད་ཨང་། ཡང་ཧྭ་པའི་ཆ་ནས་བཤད་ན། བདག་པོའི་སྤྲོ་བ་འཕེལ་ཕྱིར། རྫ་མ་གཡུག་གཡུག་དང་གདོང་

མལ་མལ། སྨྲིད་པའི་བར་ནས་ཡར་མཚོང་མར་མཚོང་བྱས་ནས་ངོ་བསྟོད་བྱེད་པ་ཙམ་གྱིས་རང་ལ་ཅི་སྐྱོན།

འགྲོ་བ་མིའི་རིགས་ལ་མཚོན་ན། ཨ་ཡ་ནི་གོ་མི་ཆོད་པའི་སྦྲག་ཆགས་ཤིག་ཡིན། དེའི་ཡོན་ཏན་ཀུན་ལ་གསལ་ཡང་། གོང་གསལ་རྒྱུ་མཚན་གྱི་དབང་གིས་དེའི་རྒྱུད་ཆད་མཐའ་མེད། ཁྱི་བདག་གཅིག་ལ་མཚོན་ན། མཆེ་བ་གཙིགས་པ་ལས་ཛ་མ་གཡུག་གཡུག་བྱས་ན་མི་ལེགས་སམ། ནོར་གྱིས་ཕྱུག་ཅིང་ཁོམ་ལོང་ལྡན་པའི་ཁར། བསམ་པའི་ཡུལ་གྱི་དབེན་པའི་གནས་སུ་བཅར་མཁན་ཁ་ཤས་ཀྱིས་ཨ་ཡ་ལྷ་བུའི་དུད་འགྲོ་གོང་ཆེན་ཁྱེན་ནས་ཉོ་བ་དང་། ཁྱིད་དུ་བཀར་ནས་གཅེས་པ་དེར་ཡ་མཚན་རྒྱུ་གང་ཡང་མེད་པ་འདྲ།

དེ་འདྲ་ཡིན་གཤིས། བདག་གི་ཡིད་ནས་སྐྱེ་གཟུགས་མི་ལུས་རིན་ཆེན་ཡིན་ཡང་། ཨ་ཡའི་རྣམ་ཤེས་ཞུགས་པའི་རྐྱེན་གྱིས། དོན་དག་ཆེ་མ་ཆུང་གསུམ་གང་ལ་ཐུག་ཀྱང་། བདེན་ལུགས་ཡོད་མེད་ཀྱི་དབྱེ་བ་མི་འབྱེད་པར། དབང་ཆེན་ལ་གཡོག་ལི་དང་དབང་མེད་ལ་ཇིག་ཉམས་སྟོན་པའི་འཚོ་བ་དངོས་ཀྱི་སེམས་ཅན་ག་གེ་མོ་དེའི་མིང་གི་ཐ་སྙད་ལ་དེ་དང་འདྲ་བར་ཨ་ཡ་ཞེས་རང་གཤིས་དམར་རྗེན་དུ་ཕྱུང་བའི་གང་ཙུང་གང་འོས་ཤིག་བཏགས་ན་མི་ཚོག་པ་མེད་བསམས།

གོང་དུ་ལབ་གླེང་བྱས་པ་ལས་བདག་གིས་གཏམ་རྒྱུད་ཐུང་ཐུང་ཞིག་བལྟས་མྱོང་བ་ཡིད་ལ་ཤར།

དེ་ནི་འདི་ལྟ་སྟེ། ཆེན་རྒྱལ་རབས་ཀྱི་སྐབས་སུ་རྒྱལ་སའི་དཔོན་པོ་ཞིག་ས་གནས་གཞན་དུ་བཀས་མངགས་པས། ཕོ་རང་དགེ་རྒན་བཞུགས་སར་ཞལ་འབྲལ་ཞུ་བར་སོང་སྟེ། དགེ་རྒན་གྱིས་ཕོ་ལ་ཤ་ཚ་བའི་ཁ་ཏའི་ཚུལ་དུ། ས་གནས་གཞན་ལ་སོང་ནས་དཔོན་གནས་སྐྱོང་བ་འདི་ལས་སླ་མོ་མ་

ཡིན་པས། གཟབ་གཟབ་གྱིས་ཞེས་གསུངས་པའི་ལན་དུ་མི་དེས་བདག་གིས་ཞྭ་མདུང་（ངོ་བསྟོད་ཀྱི་ཞྭ་མོ）བརྒྱ་ཐམ་པ་གྲ་སྒྲིག་བྱས་ཡོད་ལ། མི་རིག་རིག་ཐུག་ཐུག་ལ་བསྐྱོན་ཆོག་པས། བཀྲ་མི་ཤིས་པའི་དོན་ལ་ཐུག་མི་འགྱུར་ཞེས་ཞུས་པར། དགེ་རྒན་ཁོང་ཁྲོ་ཆེན་པོ་ལངས་ཏེ་བདག་ཅག་གིས་གཞན་ལ་བསམ་པ་དཀར་པོ་འཛིན་ཞིང་གཤིས་རྒྱུད་དྲང་པོ་ཡིན་དགོས་པ་མ་གཏོགས་དེ་འདྲ་བྱེད་པའི་དགོས་པ་ཡོད་དམ་ཞེས་གསུངས། དེ་ནས་མི་དེས་འཛུམ་དམུལ་དམུལ་གྱིས་འཛམ་གླིང་ཡུལ་ཁམས་འདི་ན་ཞྭ་མདུང་གོན་པར་མི་དགའ་མཁན་བདག་གི་དགེ་རྒན་ལྟ་བུའི་མི་དུ་ཡོད་དམ་ཞེས་བཤད་པར། དགེ་རྒན་གྱིས་མགོ་བོ་ལྡུག་ལྡུག་བྱེད་བཞིན། ཁྱོད་ཀྱིས་བཤད་པ་དེ་ཡང་ཤེས་རྒྱུ་མེད་པའི་གཏམ་མ་རེད་ཅེས་གསུངས་པས། མི་དེས་བདག་གི་ཞྭ་མདུང་བརྒྱ་ཐམ་པ་འདི་ད་ལྟ་དགུ་བཅུ་གོ་དགུ་ལས་མ་མཆིས་ཞེས་བཤད།

གོང་གསལ་གྱི་གཏམ་རྒྱུད་དེ་ལས་མི་རྣམས་ལ་གདམས་ངག་ཅིག་ཐོབ་པ་ནི་བྱ་བ་གང་ཞིག་བྱེད་ཀྱང་བདེན་ལུགས་འཛིན་པ་ལས་སྒྲིད་པ་ཞ་ཞ་དང་གཉའ་སྒུར་སྒུར་བྱེད་མཁན་དག་གི་ངོ་དགའ་ངོ་བསྟོད་ཀྱི་ཚིག་སྙན་མོར་རྣམ་ཤེས་གཡེང་བ་ཞིག་བྱེད་མི་རུང་། སྔོན་བྱོན་མཁས་པས། ཤ་ཚ་བའི་གཏམ་ལ་སྙན་མོ་མེད། ནད་མཆེན་པའི་སྨན་ལ་ཞིམ་པོ་མེད། ཅེས་གསུངས་པའི་དཔེ་ནང་བཞིན་སེམས་རྣལ་ལ་བབས་ནས་དཔྱད་ཞིབ་གང་ལེགས་བྱེད་དགོས་པ་ལས། ཡིན་མིན་གྱི་དབྱེ་བ་མ་ཕྱེས་ཚེ་སྐྱོང་རིག་པ་ནི་སྨྲས་མ་དགོས་སོ།།

文章来源：《青海群众艺术》（藏文季刊）1993 年第 2 期。

后记

光阴荏苒，时光飞逝，我已到古稀之年。有件事让我久久不能忘怀，那是我的同乡、青海省原副省长班玛旦增在他快退休时，不胜感慨地说：“我快要退休了，回过头来看看自己这一生干了些什么？留下了什么痕迹？细细想来，什么也没有留下，在这方面我还不如你，你还写过几篇东西!”当时我不以为然，只觉得他有点太过伤感了，但随着时光的推移，我越来越觉得他讲的不无道理。作为社会人，一生中，对社会的贡献有大有小，而绝大多数人，在人类历史的长河中，都不过是匆匆过客，默默无闻，不会留下什么不被后人遗忘的痕迹。我从来没有奢望过要在我身后留下什么痕迹，只想让我的后人们知道我是怎样走过人生道路的。

现在我来讲讲我的人生轨迹。

我的老家在离化隆县城7.5公里的石大仓乡石大仓村。我们这个家族共有五户人家，住在一个由高墙环绕的长方形大庄廓内，前面并排有五个大门，庄廓前面两侧都有个土碉堡，据说是防匪用的。村里其他人把我们这几户人家叫“雅日仓”，雅者牛也，日系山，仓乃是对这几户人家的统称。这个名称的由来，据说是庄廓后面的一座山，形状像牛心，故有此称谓。从左至右，我家是第二家。第三家是桑热嘉措家，他可是个知名人物，从小出家在支扎寺当阿卡，后被有关人士选送去为旧政府做事，曾任马步芳儿子马继援的藏文教员。解放时，他第一个站出来欢迎解放军，以后在各级党组织的领导和大力支持下，他为藏族办了不少好事：宪法制定前，国家的根本大法《共同纲领》是由他带人到北京翻译定稿的；第一批藏语电影如《山间铃响马帮来》《董存瑞》等是他带人到长春电影制片厂翻译配音的；青海第一份“藏民报”《青海藏文报》前身是他创办的；青海藏语广播由他开办并运用这一工具宣讲党的政策，以安定民心；是他组织了一批人，专门搜集、整理、翻译了数十部《格萨尔王传》；他曾担任青海省教育厅厅长、省政协副主席等职务，尤其在民族教育工作方面做出了突出的贡献。他去过苏联，毛泽东接见过他。我初学藏文时，课本就是他亲手编写的藏文文法及正字学。

据说我们这个家族是藏军后裔，姓氏为“噶”。我没见过爷爷，奶奶七十多岁去世，眼睛不太好，但耳朵很灵。我父亲黄加，共有兄妹五人，他排行老大。大叔琼角，小时在化隆支扎寺出家，后来还俗，住在共和曲沟地方；二叔却旦，一直操持家务，以后将家搬至贵德罗汉堂斗后浪村；大姑尕梅，家住我家庄廓前面，后随参加工作的女儿去了海西天峻县；二姑才让卓玛，住在我家庄廓后面的山坡上，以后也是迁至贵德罗汉堂斗后浪村落户。

我父亲以后当了兵，一直为部队放马，人们称他为兽医副官，有个中尉军衔，实际上他不懂什么医道。前后结过两次婚，第一次娶贵南沙沟的一名女子为妻，名叫夏若吉，并生有一个儿子叫尤拉太，以后婚姻破裂，儿子随母亲。第二次是和我母亲结婚。我母亲叫鲁毛，是甘肃天祝龙沟人，上一世多识活佛就出生在我母亲家，据说我就出生在龙沟我小姨家。在我之前我母亲还生过一个孩子，但未存活。

从我记事时有件事对我刺激很大，这就是我去探监。我父亲被关在监狱里，我是从铁栅栏的缝隙中挤进去跑到父亲怀抱中的。成年后，从我大叔口中才知道了事情的原委。原来我父亲在贵德巴卡台一带放马时，曾猎获了一只有很大鹿茸的大鹿，刚好碰上马步芳的一个红人叫尕葫芦营长，他提出将这只鹿送给他，父亲坚决不给，结果是不欢而散，没过多久，在年三十晚上，突然来了一伙人，将我父亲和另外一个人五花大绑地押送到了西宁，关在小桥监狱，罪名是盗卖了军马。我父亲吃了不少皮肉苦，以后家里人找桑热嘉措说情，总算放了出来，另一个人被枪毙了。

父亲出狱后，我们没去化隆老家，而是走到了永登窑街山根住了下来。人们叫他主任，我不知道他干什么工作。此前我父亲曾收养过一个乞儿，取名南拉太，此时已成年，娶了亲，妻子叫德吉措。我已到上学的年龄，隐约记的由南拉太哥哥背我上私塾，晚上又接我回家。在学校里整天念《三字经》《百家姓》。不上学时，就到山根的一座庙里去玩，庙里有两棵大桑树，树底下可以拣桑籽吃。晚上我和父母亲睡在一起，哥嫂小两口另外有房。不知过了多久，有天早上母亲喊他们起床，喊了半天无人应答，去看时他们已经走了。母亲伤心地哭了好多天，说俩孩子什么也没带，饿了吃什么。此后不久，有天我又到庙里去玩，突然看见我父亲被绑着吊在桑树上，我吓坏了，哭喊着跑回家。父亲啥时候回的家，为了什么我都不知道，只听说是被一个姓冶的经理吊打的。有天深夜，父母亲收拾了家里的细软，我们坐一辆大板车逃走了。也不知道走了多长时间，我们到了一个叫芨芨滩的地方，基本上在一个大山根里，只有两户人家，都是藏族。一户姓杨，据说很富，庄廓很大，只有一个女儿，这是他家的牧业点，更大的家业听说在农业点。我们投奔的这家姓董，家景也不赖，只有一个儿子，名字叫董启云，原籍也是化隆。离这两户人家不远处有个小村庄，我白天到村里办的私塾念书，课本是《千字文》一类的老古董。我父母就住在大山里给董家放牛，也没有什么报酬，每年要给董家交多少斤酥油、曲拉，其余的奶产品归自己。我不上学的时候也住在大山里帮父母亲放牛，不论刮风下雨，母亲都得早早起来挤奶、烧牛奶、打酥油、晾晒曲拉，她的活很重。

不知过了多久，据说来了共产党，我们这一带已经解放了。这样父亲把牦牛都交回董家，启程往老家走。半路上到了一个叫松山滩的地方，原来是国民党的一个军马场，据说还有部队站岗，但此时一个人都没有，里面有不少空房子、畜棚等。父母亲走累了在里面休息，我高兴极了，钻空房子捉麻雀玩。我爬上一个岗楼，脚下垫了块石头，从枪眼里往外张望时，突然看见一伙当兵的趴在大门外，枪口对着院里，呼喊什么。原来他们是解放军的侦察兵，发现里面没人才端着枪走进来，这是我第一次看到解放军，印象很深。当晚他们住在军马场，宰了好几只羊，都是父亲帮他们宰羊煮肉，羊下水全给了我们。我们在这儿吃住了几天。

后来，我们到了一个叫鹦鸽嘴的村子，约有百余户人家，全是汉族。也许是没有盘缠的缘故吧，我们找了间有锅灶的房子住了下来。父亲给一个大户人家看水磨，磨面的人磨完面都会给一些面粉，我们一家三口可以勉强度日。村子边上有条大水沟，沟边有所小学，我又去上学了。母亲养了几只母鸡，下的蛋一个也舍不得吃，都拿去卖了换回纸张、课本等学习用品。寒、暑假，我都要帮妈妈干活。那个地方烧火、煨炕都很困难，冬天我和母亲要到很远的地方去拾牛粪，背上一背斗冻牛粪往回走时，常常憋得气都喘不上来，两眼直冒金花，找不到一个土坎坎能把背斗放在上面休息一会儿，那种滋味我至今还记忆犹新。暑假时我和母亲去收过庄稼的地里挖老鼠“仓儿”，所谓的老鼠“仓儿”就是看哪个老鼠洞口的土堆大，就挖哪儿，挖不太远，就会挖出老鼠储备过冬的粮食穗头或豆荚，背回来晒干，用棍子敲打，簸出粮食，就可以补贴家用了。我在学校还参加了少先队，并担任了中队长。

土改时，我家是雇农，分得一匹尿失禁的母马和一匹马驹、几亩地，还有三间草房。以后我小学毕业了，成绩还不错，要上完小就得到县上，要住校，这对我们家来说是一笔很大的开支，父亲不打算送我上学了。这时，我的一个姓潘的老师找我父亲做工作，说不要耽误了孩子上学，没有钱他可以借给我们。就这样父亲领着我走了一天的路，到县上去报考二完小。据说只招 50 名学生，而报考的有 150 多名。我第一次看见城里的孩子们大部分穿着有四个兜的制服，很神气。考试后，父亲对我说：“孩子，听说明天要发榜，我们再等一天，看来我们不会有希望。”第二天吃过早饭，我们就去看榜了，也没抱什么希望，看了就打算回家去。但是没想到我竟然是第一名，父亲很高兴。回家后用母马换了头耕牛，找的钱除了还潘老师的钱外，就都花在我读书上了。我在二完小读完第一学期正难以为继时，我化隆老家的二叔骑着一头驴子来找我们，让我们回家。就这样，回到了从我记事起连一点印象都没有的老家石大仓。我二叔有个女儿，比我小五岁，加上我们三口，还有老祖母，共七口人，家中的景况虽然比我们漂流在外要好一些，但也好不到哪儿去。粮食不够吃，每年春天借，秋天还。我想上学的希望彻底破灭了。家里有 70 多只羊，两头犏牛，两头驴，在我们没来之前，由叫班德的孩子放牧，我来了后不但顶替了他，还有其他两户人家的牛羊也由我放牧。此时我虽然上不了学，但求知欲却很强。村里绝大多数是藏族，也有几户会讲藏话的汉民，有一户人家还有不少古典小说。我经常借来看，比如《薛仁贵征东》《薛丁山征西》《五虎平南》等。我随身带着本字典，有好多字不认识，放羊时边看边查字典。由于记忆力强，通过这种方法认识了不少字。我有个姑父，是个苯教徒，他懂藏文，我每天早早起床，到他家去学藏文拼音，到了晚上，我又去为村里的男女青年教识字扫盲。除了放牧外，我也干过不少农活。我家有 70 多亩地，都在大山上，秋后天不亮就得到地里，农具全是二牛抬扛，扶不住犁，挨骂是常事。割田时腰疼得像要断了一样。最苦的活还是烧野灰，秋天在地边里把草皮挖成块状，春天还要翻晒，等晒干了再捡摞成长方形的堆，叫拾灰；一切就绪后，在前边放上羊板粪点燃，叫烧灰；这期间还要在上面加土，叫盖灰；烧完了，再打碎，背到地里作肥料。整个过程，手指头都要脱层皮，每年农历二、三月份背灰时，正是刮风的季节，人们的鼻子、嘴里全是灰尘。

有天我放羊回到家后，听说我婶婶将我母亲的发辫缠在她的靴子上，踏在地上暴打了一顿，母亲离家出走了。我母亲一直多病，身体很弱，加上她又是背井离乡，无亲无故，被人欺负，我悲愤交加，当晚没进家门，去了我二姑家。我发誓再也不踏进家门半步，除非分家另住。这样老人们也没有办法，只好分家。老庄廓给了我，羊圈的木料好，经堂给了二叔，拆后重盖，我分得 5 只羊、1 头牛、1 头驴，这就是全部家当，以后定为贫下中农。

过了不久，我当上了农业合作社的会计，整天忙着登记人社农户的农具等，没几天又说是要成立高级农业合作社，我也搞不清怎么回事。就在这时，我村有个在青海省人事局工作的干部，叫索南才让，他要在农村招收一批干部。父亲同意我去报名，结果被录取了，这也是我人生的一大转折。

我生来第一次坐汽车，感到很兴奋。当时化隆到西宁的班车都是盖着篷布的卡车，跑起来尘土飞扬，比在地里背野灰好不了多少。我们到西宁时天刚黑，在湟光下了车，电灯照耀得像白天一样，小贩们推的用玻璃镶嵌的食品车上点着一盏盏煤油灯，有些卖烧鸡，有些卖醪糟，还有些卖瓶装的五颜六色的汽水，真让我大开眼界。现今民族宾馆的原址上，有座木质楼房，是家餐馆，我们一块儿参加工作的共九人，吃完晚餐后，都住在大什字省人事局招待所。以后几天内，他们都分配了工作单位，就剩我一人住在招待所，当时我不知道为什么只剩下我没有被分配，后来才知道，因为年纪太小，只有十五岁，没有单位愿意接收我。每天吃豆腐，我实在吃不惯豆腐味儿，就喝稀饭，吃咸菜。过了一个多星期，我被分配到省广播电台，我们一块儿来的几个人也在电台，这样不感到寂寞。我们都干不了工作，整天看书学习。有位同志原来参加过工作，以后回家不干了，这次是第二次参加工作，所以机关单位的规矩他懂，我们私下里都听他指挥。有天他说今天是星期六不用上班，我们就到现如今报社一带的一大片菜地里买了不少萝卜，在田边的小水沟里洗净后，爬到西门口的城墙上，在城楼附近边吃萝卜，边俯瞰街景，十分惬意。快到吃晚饭时去了趟办公室，看到别人都在打扫卫生，我们被领导狠狠地训斥了一顿，说是无组织、无纪律，吊儿郎当。我们都像做错事的小孩子，垂手而立，连大气都不敢出。晚上回到宿舍，我们才将错误地诱导我们的这位同志进行了集体围攻，把气全撒在了他身上。

没过几个月，有些人调到果洛去工作，我们有四个人被送到青海民族公学去插班学习。当时民族公学的藏文五七班共分甲、乙、丙三个班，经过口试，我们都被分到丙班上课，但在上汉文课时，我又在甲班学习。我因在农村干了不少超体力的农活，吃了不少苦头，深深体会到生活的艰辛，所以无需别人开导，学习欲极强。当时学校早上让学生起床是敲钟，因为我在家只学过藏文拼音，后来到机关，也只是学习小学藏文课本第二册："学校门儿大大开，念书娃娃上学来"，班上此时正在讲授藏文文法及正字学，好多都听不懂。每天早上在学校起床钟未敲响之前，我已在教室后面的麦地田埂上来回走着背诵正字学，即便是星期天也很少上街，整天坐在水渠边看书。我经常请教同学们，个别同学被我问烦了，就说你连这么简单的问题都不懂吗?！我嘴里不说什么，但感到很伤自尊。我暗暗发誓，一定要超过他们！以后民族公学改为青海民族学院，我加入了共青团，并以良好的成绩通过考试，毕业回了原单位。

我的具体工作是搞汉藏文翻译，此时才真正感到我学的那点知识实在少得可怜，一篇几百字的稿件费大力气翻译后交给老同志修改完竟是满篇红，再抄一遍，又会出好多错。夏天天亮得早，我每天早上到办公室打扫完卫生后，就戴上草帽开始翻着藏文字典学习了，因为太阳照在我脸上睁不开眼，所以我买了顶草帽挂在墙上。就这样由于自己的不懈努力，进步很明显，有个老同志，过去是他修改我的稿件，现在是我修改他的稿件，可以说基本上能胜任工作了。出版社找我翻译了两本书：《党性与世界观》《人民公社的分配制度》，完稿后，出版社只出版了《党性与世界观》一书，《人民公社的分配制度》一书因形势发生变化，已不宜出版，只好作罢。

我 21 岁时，结了婚，我们没有请客人，更没有摆宴席。

我们的生活道路很不平坦，在好长一段时间，我们的工资都很低，加在一起也只有110多块，除了要抚养几个孩子外，还要赡养我的父母亲。以后母亲在天祝得了病，我在西宁买了靴子、藏服把她接回西宁，父亲此时已被安顿在电台古城台家属院。过了不久，母亲的病吃药不见效，日趋加重，我用架子车拉着她到二医院检查，诊断为宫颈癌晚期，没法救治，我的眼泪直往肚里流。我不相信医院的诊断结果，第二天又用架子车将母亲拉到中医院，请当时的名医王慕康老先生把脉，结论都一样，我不敢在母亲面前流泪，痛苦到极点。没过多久母亲便去世了，真是祸不单行，刚料理完母亲的丧事，还没有缓过劲来，父亲也离开了人世。此时我真的崩溃了。好在这年我找到了失散多年的大哥南拉太，精神上有了些许安慰。日子还得过下去，这时我们已经是七口之家，生活很拮据。差不多每个月都得从电台福委会借钱过生活，等发了工资立刻还债。我们的生活水平很低，吃的全是一毛钱可以买一堆的菜，每星期改善一次生活才能买二斤羊肉或猪肉。孩子们穿的衣服包括鞋子，都是妻子学着做的。有时实在不行，就给福委会写个报告申请补助，也能得到一点钱。所以几个孩子也遭了不少罪，平时的生活只是填饱肚子，就是过年每人只有两毛钱的年钱，孩子们也很懂事，他们从来不打架吵嘴，在外面更不惹祸。

在以阶级斗争为纲的年代，因为父亲在旧社会当过兵，这成了我的污点，我在省电台藏编部当过七年的“负责人”，但都没有正式任命。所以不论我如何努力，也不会有所作为。记得我住在鹦鸽嘴时，父亲不知从哪里得到了一个雷管，他为了听响声，就放到石头上砸，不响，就将雷管夹在左手拇指和食指中间拿火去点，本想像放鞭炮一样，点着就扔掉，哪料想这东西见火就炸，结果将拇指和食指的上半截全炸飞了，后来中指也无法伸展。从这一事件可以看出，他本身就是一个什么军事知识也没有的老农民。后来在我入党时，组织上派人进行外调，才解除了对我父亲的怀疑，我随之得到解脱。

“文化大革命”后，有些人好像看破了红尘，坚决不让孩子上学。但我有个想法，不管家有多穷，绝不能耽误孩子们上学。我的几个孩子大多很争气，都有不错的文凭，可以在社会上谋生。

随着我加入中国共产党，神州大地又席卷了改革开放的浪潮，组织上给了我不少荣誉。生活上我们夫妻俩的工资增加了不少，随着孩子们逐渐成人参加了工作，我家的生活也发生了很大变化，这些情况孩子们都是知道的，我不想多说了。

漫漫人生路，既漫长又短暂。我和老伴风风雨雨为这个家操劳大半辈子，到今年 11 月 11 日，我们结婚已经 50 周年了。回首往事，令我感到欣慰的是，我们俩都活到了七十开外，孩子们都已成家立业，而且四世同堂，这就是人们常说的天伦之乐吧！

如果要问我这一生中有什么不如意的事情，我最大的遗憾是在我青年时期就失去了父母亲，他们为我付出了一切，生为人子不能尽孝道，每每想起，令人心酸不已，这是我今生无法用金钱买回来，也没法弥补的终生憾事！

到此为止，我已经简述了我的大半人生路，但我还想提示的是，作为人要活得有尊严，要有自尊，绝不要为求得一官半职去仰人鼻息，去讨好、去折腰，要学会不卑不亢。古人云：“君子爱财，取之有道。”千万不要贪不义之财，要通过自己的努力获得财富，这样才会心安理得。在社会上想获得一席之地，得到别人的尊重，那首先除了要尊重别人外，主要的是要有丰富的精神财富，即要有广博的知识。这就要求自己终生都要孜孜不倦地学习，不懈怠地积累知识。换言之，就是要靠真本事吃饭。以上就是我的一些人生体会。

我从事广播电视工作已45年，其间已利用空隙时间写过一些文章、短剧等，为了不至遗失，现整理汇集在一起，并取“春华秋实”之意，定名为《秋实》，当作资料存放吧。

旦正才让

2011年8月17日